Les politiques économiques dans l'UE

W0356617

Sociologie

La structure de la société française actuelle

L'action de l'École

La mobilité sociale

Les mutations du travail et de l'emploi

Science politique

L'engagement politique

Regards croisés

Inégalités et justice sociale

L'action publique pour l'environnement

Maquette de principe : Frédéric Jély • **Mise en pages :** STDI • **Iconographie :** Brigitte Hammond/Hatier Illustration • **Cartographie :** Légendes Cartographie • **Schémas du dépliant :** Nord compo • **Édition :** Sophie Lovera, Damien Lagarde

ISBN 978-2-401-10469-3

Les sources de la croissance économique

1

☐ OK

La croissance économique correspond à une création de richesses nouvelles et se mesure à l'aide du PIB. Elle trouve sa source dans les facteurs de production.

I Qu'est-ce que la croissance économique ?

1 La croissance : une création de richesses nouvelles

- La croissance correspond à l'augmentation soutenue et durable des richesses créées dans une économie. Elle se mesure en calculant le taux de croissance du PIB sur une année. Pour mieux évaluer l'augmentation en volume des richesses créées dans une économie, on utilise le PIB réel qui gomme les effets de l'inflation. On parle de croissance réelle.

- Le PIB est un agrégat qui mesure les richesses créées par les unités de production résidentes sur le territoire national durant une année. Il intègre la production marchande et la production non marchande et se calcule en effectuant la somme des valeurs ajoutées réalisées par les agents productifs.

2 La difficile mesure de la croissance économique

- Le PIB offre une mesure imparfaite de la croissance car il ne comptabilise pas toutes les sources de richesse (économie souterraine, production domestique, etc.) et ne prend pas en compte les externalités négatives liées à la croissance (destruction de ressources naturelles, pollution...).

- Le PIB ne prend pas en compte les différences de niveau de prix entre les pays, ce qui fausse les comparaisons internationales. Pour les gommer, il faut calculer le PIB PPA (parité des pouvoirs d'achat).

II D'où vient la croissance économique ?

1 La quantité des facteurs de production

- La production de richesse s'obtient en combinant les facteurs de production. La croissance va donc être permise par l'augmentation de la quantité de facteurs de production mobilisés. Ainsi, si globalement plus

> **Mot clé**
>
> Les **facteurs de production** sont les éléments durables utilisés pour produire : le travail (activité humaine) et le capital fixe (machines, bâtiments...).

de travail et plus de capital sont utilisés, la production augmente. On parle de croissance extensive.

- L'augmentation de la quantité de travail utilisée est entraînée par la hausse de la population active occupée (plus de travailleurs produisent plus de richesses) ou par celle de la durée légale du travail.
- L'investissement est l'opération par laquelle l'entreprise achète du capital. Il permet l'accumulation du capital et favorise la croissance.

2 L'efficacité des facteurs de production

- Les facteurs de production contribuent également à la croissance en devenant plus efficaces. L'investissement permet l'utilisation de machines plus performantes. Il est favorable à l'amélioration de la productivité du travail : mieux doté en capital, le travail est plus efficace. La productivité du travail s'améliore également grâce à la formation de la main-d'œuvre et à une meilleure organisation du travail.
- La part de la croissance qui ne s'explique pas par l'accumulation des facteurs de production est attribuée au progrès technique. En générant des gains de productivité, le progrès technique permet de produire davantage avec la même quantité de facteurs de production : la productivité globale des facteurs (PGF) augmente.
- Une croissance qui repose sur des gains de productivité est qualifiée de croissance intensive.

Mot clé

La **productivité globale des facteurs (PGF)** mesure l'efficacité des facteurs de production et l'efficacité de leur combinaison. Elle se calcule en rapportant la production à la quantité totale de facteurs nécessaires à sa réalisation.

L'ESSENTIEL

La croissance extensive
due à l'augmentation de la quantité de facteurs de production :
- travailleurs et/ou temps de travail
- capital utilisé pour produire

La croissance intensive
due aux gains de productivité avec :
- le progrès technique
- l'investissement dans l'innovation

→ **La croissance économique**

Progrès technique et croissance

2

☐ OK

Le progrès technique est l'un des moteurs de la croissance. Les économistes s'interrogent sur son origine, sa contribution à la croissance et ses effets sur le rythme de la croissance.

I L'origine du progrès technique

- Le progrès technique désigne l'ensemble des innovations qui permettent de produire davantage avec la même quantité de facteurs travail et capital. Il améliore donc la productivité globale des facteurs (PGF).
- Dans les années 1950, les théories de la croissance présentent le progrès technique comme un résidu, c'est-à-dire la part inexpliquée de la croissance après la prise en compte des effets de l'augmentation de la quantité des facteurs de production. C'est un progrès technique exogène et autonome, qui n'est pas dû au comportement des agents économiques.
- Les théories contemporaines de la croissance montrent que le progrès technique n'est pas autonome et peut s'expliquer par des choix économiques, notamment des choix d'investissement. Le progrès technique est donc généré par l'activité économique, il est alors endogène.

> **Mot clé**
>
> On distingue les **innovations** de produits (nouveaux produits), de procédé (nouvelle méthode de production qui améliore la productivité) ou encore de nouvelles manières d'organiser le travail.

II Le progrès technique endogène, source de croissance

- Le progrès technique endogène peut s'expliquer par des investissements en recherche et développement. Ces dépenses de R&D sont à l'origine d'inventions qui peuvent trouver une application dans le champ économique et constituer des innovations. Elles sont alors une nouvelle source de création de richesse lorsqu'elles sont exploitées économiquement.

> **Mot clé**
>
> Les activités de **recherche et développement (R & D)** se composent de la recherche fondamentale (nouvelles connaissances), de la recherche appliquée (inventions) et du développement (création de prototypes).

- L'accumulation d'innovations et de connaissances nouvelles permet de générer des externalités positives : elles bénéficient à d'autres agents sans qu'ils supportent le coût de leur découverte. Ces innovations génèrent des **rendements croissants** en facilitant l'acquisition de nouvelles connaissances. Les facteurs de production deviennent de plus en plus efficaces permettant ainsi à la croissance de se maintenir.
- La croissance apparaît alors comme un phénomène endogène et **cumulatif** : elle génère des ressources financières pour investir en R & D permettant ainsi le progrès technique, source de croissance.

III Le progrès technique et l'instabilité de la croissance

- J. A. Schumpeter, économiste autrichien (1883-1950), distingue les innovations majeures qui bouleversent l'économie des innovations mineures qui leur apportent des modifications secondaires. Ces **grappes d'innovations** constituent le moteur de la croissance.
- La conséquence de l'innovation est un processus permanent de **destruction créatrice** : les activités rendues obsolètes par le progrès technique disparaissent et cèdent leur place aux nouvelles. Par exemple, les services de VOD remplacent peu à peu les DVD qui ont eux-même succédé aux cassettes vidéo ; les smartphones se substituent progressivement aux appareils photo numériques.
- La diffusion des innovations s'accompagne d'une période de croissance économique, l'expansion. Lorsque l'innovation a été pleinement exploitée et que le marché est saturé, l'expansion laisse sa place à une période de récession, jusqu'à ce qu'une innovation majeure relance la croissance : la discontinuité du progrès technique donne un caractère **cyclique** à la croissance.

L'ESSENTIEL

Le progrès technique, moteur de croissance

L'innovation
- permet l'augmentation de la PGF
- apporte la croissance (par « grappes »)
- entraîne un processus de destruction créatrice

Un progrès technique endogène
- permis par des investissements en R&D
- accroît les rendements et les externalités positives
- crée une croissance auto-entretenue et cumulative

État, institutions et croissance

3

☐ OK

L'État peut favoriser la croissance en prenant en charge certaines activités ou en favorisant l'émergence du progrès technique. Les institutions, en créant un cadre favorable, s'avèrent bénéfiques à la croissance.

I L'État et la croissance économique

1 L'État contribue à l'accumulation de capitaux nécessaires à la croissance...

- Par ses investissements, l'État contribue à l'accumulation de capitaux. En investissant dans l'éducation et dans la santé, il favorise ainsi l'accumulation de capital humain. Plus qualifiés et en bonne santé, les travailleurs deviennent plus productifs, ce qui est source de croissance.

> **Mot clé**
> Le **capital humain** désigne l'ensemble des capacités physiques et intellectuelles des individus utilisées pour produire. Investir en capital humain peut signifier investir dans la formation.

- En investissant dans la recherche fondamentale, coûteuse et incertaine, les centres de recherche publics font émerger des découvertes utiles aux agents productifs permettant ainsi l'émergence du progrès technique et l'accumulation d'un capital technologique, tous deux sources de croissance.
- Enfin, en investissant dans des infrastructures (hôpital, routes, écoles...), l'État contribue à l'accumulation de capital public et stimule l'activité économique (construction, équipement...).

2 ... et génère des externalités positives

- Ces différents investissements sont à l'origine d'externalités positives. Ils bénéficient ainsi aux agents économiques sans qu'ils en assument directement le coût. Les dépenses d'éducation permettent d'élever le niveau de qualification et la productivité des travailleurs et bénéficient aux entreprises qui les emploient.
- La croissance qui résulte de cet investissement public permet à l'État de bénéficier de nouvelles ressources grâce aux impôts prélevés sur les nouvelles richesses créées. Ces ressources lui permettent de financer de nouveaux investissements, sources de croissance. La croissance est alors auto-entretenue.

II | Institutions et croissance économique

1 De « bonnes institutions » sont nécessaires

- Les institutions désignent l'ensemble des règles formelles (lois, règlements) ou informelles (pratiques, conventions) qui s'imposent aux individus et encadrent leurs interactions.

- De « bonnes institutions » sont nécessaires à la croissance économique. L'existence d'un État de droit, le respect du droit de propriété, le paiement en monnaie sont autant d'institutions nécessaires aux échanges et à la croissance.

Mot clé

Le **droit de propriété** est le droit, garanti par l'État, de pouvoir utiliser, tirer profit ou disposer (c'est-à-dire vendre ou transformer) des biens tant que l'usage que l'on en fait reste dans le cadre de la loi.

- Ces règles, si elles sont respectées, permettent de créer un climat de confiance favorable à l'activité économique : elles diminuent l'incertitude et garantissent aux agents qu'ils peuvent mener des opérations économiques en toute sécurité.

2 Les institutions incitent à investir et innover

- L'existence de droits de propriété est une incitation à investir et à innover. L'entrepreneur, protégé par les lois, est incité à développer son activité sans craindre d'être dépossédé du résultat de son travail.

- Les brevets protègent les innovateurs : ce sont des droits de propriété sur l'invention qui leur garantissent le monopole de leur exploitation. C'est une incitation à supporter le coût de la recherche car l'entreprise est assurée qu'elle pourra la rentabiliser en étant seule à en tirer profit.

L'ESSENTIEL

Les conditions de possibilité de la croissance économique

L'investissement de l'État
- dans le capital humain : éducation, santé...
- dans le capital technologique : recherche publique, industrie...
- dans les infrastructures : routes, écoles, hôpitaux...

Les institutions
- État de droit
- droit de propriété
- monnaie
- brevets

Progrès technique et inégalités de revenu

4

☐ OK

Les gains liés au progrès technique ne sont pas répartis de manière égalitaire. Le progrès technique peut ainsi renforcer les inégalités de revenu. Dans un contexte de concurrence exacerbé, il bénéficie davantage à certains secteurs.

I Les revenus du capital favorisés

1 Les revenus du capital favorisés au détriment du travail

- Le progrès technique est à l'origine de gains de productivité qui permettent d'augmenter la valeur ajoutée. Celle-ci est répartie sous forme de revenus entre les travailleurs et les apporteurs de capitaux (propriétaires de l'entreprise et créanciers). Cette répartition peut être inégalitaire et favoriser le versement de dividendes au détriment des revenus du travail.

Mot clé

Il existe différents types de **revenus**. On distingue les revenus du travail (salaires) des revenus du capital (intérêts versés aux banques, dividendes versés aux actionnaires).

- Certaines innovations permettent de substituer du capital au travail. Elles augmentent l'intensité capitalistique de la production : la part du travail utilisé pour produire diminue au profit de celle du capital.
- Ainsi, le progrès technique se traduit par une destruction d'emplois. Il permet l'automatisation des tâches simples, effectuées par des machines. La part des salaires dans la valeur ajoutée diminue au profit de la rémunération du capital : les inégalités de revenu augmentent.

2 L'augmentation des inégalités salariales

- Le progrès technique contribue à l'accroissement des inégalités salariales car il favorise les travailleurs qualifiés qui utilisent les nouvelles technologies. Ceux-ci voient leur productivité, donc leur rémunération augmenter alors que les travailleurs moins qualifiés, qui ne les utilisent pas, ne bénéficient pas de cette hausse de la productivité du travail.
- L'utilisation de l'outil informatique s'étend à tous les secteurs et nécessite un niveau élevé de qualification. Ainsi la demande de travail peu qualifié diminue alors que la demande de travail qualifié augmente. Du fait de la loi de l'offre et de la demande, les salaires des travailleurs peu qualifiés ont tendance à stagner ou à baisser tandis que ceux des plus qualifiés augmentent : les écarts se creusent.

II Le rôle de la mondialisation et de la concurrence

1 La mondialisation renforce les inégalités

- La mondialisation incite les entreprises à **innover** car elle exacerbe la concurrence entre les entreprises : pour être plus compétitives et rentables, celles-ci cherchent à améliorer leurs techniques de production.
- Cet effort d'innovation contribue à l'augmentation de la demande de **travail qualifié** et contribue à augmenter les inégalités de revenu.

2 L'accroissement des inégalités entre secteurs d'activité

- L'exacerbation de la concurrence pousse les entreprises à vouloir se démarquer en innovant : les inégalités se creusent entre les **secteurs innovants** qui génèrent des profits importants et ceux qui sont en perte de vitesse, devenant ainsi de moins en moins profitables.
- À court terme, seules les entreprises innovantes bénéficient du progrès technique et des revenus qu'il génère. Les entrepreneurs prennent le **risque** d'innover pour augmenter leur profit et bénéficier d'une rente liée à la protection que leur confèrent les brevets. Les **revenus de l'innovation** contribuent de manière importante à l'augmentation des inégalités de revenu entre secteurs d'activité.

> **Mot clé**
> Pour J. A. Schumpeter, l'**entrepreneur** est un acteur majeur de l'économie. C'est un aventurier qui prend le risque d'innover. Le profit est alors la rémunération du risque pris par l'entrepreneur.

L'ESSENTIEL

Le progrès technique

→ **Un processus inégalitaire**
- augmentation des revenus du capital au détriment des revenus du travail
- destruction d'emplois peu qualifiés
- augmentation des inégalités salariales

→ **Un contexte de concurrence**
- nécessité d'investir dans l'innovation
- haut niveau de qualification demandé
- déclin des secteurs peu innovants, qui génèrent de moins en moins de profits

La soutenabilité de la croissance

5

☐ OK

La croissance économique a des effets néfastes. Elle se heurte en effet à des limites écologiques qui posent la question de sa soutenabilité.

I Les limites écologiques de la croissance ?

1 La croissance à l'origine d'externalités négatives

- L'activité industrielle se traduit par l'émission de **gaz à effet de serre** liée à l'utilisation d'énergies fossiles (charbon, pétrole). La croissance économique se traduit par une augmentation de ces émissions polluantes. Celles-ci sont à l'origine d'un **réchauffement climatique** car elles renforcent l'effet de serre. L'augmentation des températures moyennes a un fort impact écologique.
- La croissance s'accompagne d'une **surexploitation** des ressources naturelles. Ainsi, les prélèvements sur le capital naturel s'intensifient et les ressources non renouvelables comme le pétrole s'épuisent.

2 L'environnement, un bien commun difficile à protéger

- L'environnement est un **bien commun** qui peut être consommé sans limite par les agents économiques puisqu'ils n'ont pas à payer pour l'utiliser ▶ FICHE 57. Mais une surexploitation de ces ressources conduit à une « tragédie des biens communs ». La biodiversité est mise en danger par la destruction d'espèces animales et végétales.

> **À savoir**
> La préservation de la **biodiversité** est un enjeu majeur du développement durable.

- La **biocapacité mondiale** est dépassée. Il faudrait aujourd'hui l'équivalent de 1,7 planète pour produire ce que consomme l'humanité pour son alimentation, ses déplacements ainsi que pour absorber ses déchets : nous prélevons donc plus que les ressources disponibles de la planète et nous les épuisons.

II Innovation et soutenabilité

- La croissance soutenable s'inscrit dans la recherche d'un **développement durable**. Elle doit permettre de satisfaire les besoins des générations présentes sans compromettre la capacité des générations futures à satisfaire les leurs.

- Elle passe par la transmission aux générations futures d'un stock de capitaux au moins constant qui les assurera de pouvoir satisfaire leurs besoins.

Mot clé

Le **stock de capitaux** transmis aux générations futures est composé de capital physique, humain, institutionnel et naturel. Leur bien-être dépendra du volume et de la qualité des stocks transmis.

- L'innovation peut constituer un moyen de rendre la croissance soutenable : en utilisant de nouvelles technologies, plus économes en ressources naturelles ou en découvrant de **nouvelles sources d'énergie**, non polluantes et renouvelables, le progrès technique peut repousser les limites de la croissance.
- Si l'on considère que les capitaux sont substituables, la dégradation du capital naturel peut-être compensé par l'accumulation d'autres capitaux (humain, technologique) : la croissance est soutenable malgré la diminution du stock de capital naturel grâce au progrès technique (thèse de la **soutenabilité faible**).
- Cependant, certains économistes soutiennent que les différents types de capitaux ne sont pas substituables et que les atteintes au capital naturel sont irréversibles : le progrès technique ne peut assurer à lui seul la soutenabilité de la croissance (thèse de la **soutenabilité forte**).

L'ESSENTIEL

La soutenabilité de la croissance

Les limites écologiques
- émissions de gaz à effet de serre
- épuisement des ressources (pétrole...)
- biens communs menacés (biodiversité...)

Les conditions d'une croissance soutenable
- recherche d'un développement durable
- préservation du capital naturel pour le futur
- innovation : énergies renouvelables, économies d'énergie...

Le rôle du progrès technique
- soutenabilité faible : le progrès technique peut compenser la dégradation du capital naturel.
- soutenabilité forte : la préservation du capital naturel est indispensable.

Les déterminants des échanges entre pays différents

6

☐ OK

Selon les économistes classiques, les pays doivent se spécialiser dans des productions pour lesquelles ils possèdent un avantage productif ou des dotations factorielles favorables. La complémentarité de ces facteurs explique le commerce international.

I L'avantage productif

1 La théorie de l'avantage absolu (A. Smith, XVIIIe siècle)

- Selon Smith, un pays A possède un avantage absolu dans la production d'un bien s'il lui faut moins de travailleurs qu'un pays B pour produire ce bien.
- Le pays B doit alors abandonner sa production et se consacrer à celle pour laquelle il a un avantage absolu. En d'autres termes, il doit se spécialiser dans cette production et acheter les biens qu'il ne produit plus.

2 La théorie de l'avantage comparatif (D. Ricardo, XIXe siècle)

- Pour Ricardo, ce sont les avantages comparatifs qui justifient le commerce international.
- Ricardo prend l'exemple d'échanges entre le Portugal et l'Angleterre. Le Portugal a un avantage absolu dans la production de deux biens, le drap et le vin. Selon Smith, le Portugal n'a pas intérêt à importer l'un ou l'autre de ces biens de l'Angleterre, où leur coût de production est plus élevé.

Mot clé

L'**avantage comparatif** est le nom donné à l'analyse de Ricardo démontrant qu'un pays doit se spécialiser dans les secteurs où son avantage en termes de productivité est le plus grand ou son désavantage le plus faible.

- Mais pour Ricardo, le Portugal a sans doute un plus grand avantage dans l'une de ces deux productions, par exemple celle du vin. Ce pays ferait alors un meilleur usage de ses travailleurs en les mobilisant dans la production de vin. Certes les travailleurs du drap sont plus productifs au Portugal qu'en Angleterre, mais mobilisés dans le vin, ils seraient plus productifs encore.
- Ainsi, l'efficacité de l'économie mondiale augmente si chaque pays se spécialise dans la production pour laquelle il possède le plus grand avantage comparatif.

II Les dotations factorielles

Mot clé

Les **dotations factorielles** désignent la quantité des différents facteurs de production (travail, capital, ressources naturelles, technologies) présents dans un pays.

1 Le modèle HOS

- Si Ricardo explique les avantages comparatifs par les différences de productivité, le modèle HOS (Heckscher-Ohlin-Samuelson) les explique par des différences de dotations factorielles.
- Les différences de coûts de production s'expliquent par l'abondance relative des facteurs de production. Ainsi, si le pétrole est abondant dans un pays, son offre sera importante et donc son prix faible. Il est alors intéressant pour ce pays de se spécialiser dans la production de biens qui requièrent un usage intensif de pétrole, car leur coût de production sera moins élevé qu'ailleurs.

2 Des dotations factorielles évolutives

- Dans sa théorie du cycle de vie du produit, l'économiste américain R. Vernon (années 1960) montre que les pays avancés technologiquement se spécialisent dans des secteurs qui nécessitent de hautes compétences technologiques pour produire des biens innovants.
- Mais des pays moins innovants finissent par acquérir la technologie nécessaire pour les produire à leur tour, accentuant ainsi la concurrence (comme les quatre dragons asiatiques dans la seconde moitié du XXe siècle). Les pays de départ finissent alors par délaisser la production et se tourner vers d'autres biens plus innovants.

L'ESSENTIEL

Selon A. Smith (XVIIIe s.)	Chaque pays doit se spécialiser dans la production pour laquelle il a un **avantage absolu**.
Selon D. Ricardo (XIXe s.)	Les avantages sont comparatifs et dépendent des **différences de productivité** entre pays.
Selon le modèle HOS (XXe s.)	Les avantages comparatifs s'expliquent par les différences de **dotations factorielles**.
Selon R. Vernon (années 1960)	Le **cycle de vie** détermine le sens des flux commerciaux.

Les déterminants des échanges entre pays comparables

7

☐ OK

Entre 1960 et 1990, l'essor des échanges entre pays comparables a remis en cause la pertinence des théories traditionnelles du libre-échange et entraîné le développement de nouvelles théories du commerce international.

I Les économies d'échelle et la différenciation

1 Les économies d'échelle

- Si la production d'un bien fait l'objet d'économies d'échelle, il est intéressant pour un pays d'en augmenter le volume de production. Chaque unité produite lui coûte ainsi de moins en moins cher. Le pays peut alors accroître sa clientèle locale et conquérir une clientèle étrangère amatrice de produits similaires.

Mot clé

Les **économies d'échelle** représentent une diminution des coûts unitaires de production due à l'augmentation des quantités produites.

- Ici, ce ne sont pas les avantages comparatifs qui déterminent la spécialisation, mais l'opportunité de réduire les coûts unitaires. Dès lors, des pays possédant des ressources et technologies comparables peuvent échanger entre eux : chacun se spécialise dans une production faisant l'objet d'économies d'échelle, destinée à des populations locales et étrangères aux caractéristiques comparables.

2 La différenciation et la qualité

- Pour l'économiste suédois Staffan Linder (1931-2000), les producteurs nationaux produisent pour satisfaire les demandeurs locaux ; les exportations ne servant qu'à écouler leurs surplus. Les produits exportés ont une qualité correspondant à la « demande domestique représentative » de leur pays. Les pays comparables s'échangent donc des produits comparables. Seule la qualité varie : seuls les pays riches exportent des produits haut de gamme.

- L'économiste américain Kelvin Lancaster (1924-1999) ajoute que chaque consommateur souhaite consommer une variété particulière d'un produit. Dès lors, si cette variété n'est pas disponible dans son pays mais seulement dans un autre, le commerce international demeure l'option qui lui permet d'y accéder.

II La fragmentation de la chaîne de valeur

1 L'organisation de la production autour des CVM

- Une chaîne de valeur désigne l'ensemble des activités menées par les entreprises pour mettre un produit sur le marché, depuis sa conception jusqu'à sa livraison.

- La production s'organise autour de chaînes de valeur mondiales (CVM). Différentes activités sont réalisées dans plusieurs pays, au gré des opportunités qu'ils présentent (fiscalité, facteurs de production, etc.).

Chiffre clé

Environ **70 % des échanges internationaux** actuels reposent sur les chaînes de valeur mondiales (CVM).

- Les activités des CVM peuvent être réalisées par une seule entreprise, transnationale (commerce « intra-firme »), ou réparties entre plusieurs intervenants.

2 Les CVM des pays comparables

- Des pays comparables peuvent être intégrés dans une même CVM, entraînant un commerce entre eux de pièces détachées.

- Différents pays aux économies comparables participent ainsi à la production de l'Airbus A320, un des avions de ligne moyen-courriers les plus vendus au monde. La France, par exemple, produit une partie du fuselage et reçoit des pièces détachées provenant d'Allemagne, du Royaume-Uni et d'Espagne pour l'assemblage final.

L'ESSENTIEL

Les économies d'échelle	Opportunité de **réduire les coûts unitaires**, déterminant une spécialisation
La différenciation et la qualité	Exportations servant à **écouler le surplus** et à **varier les produits** mis sur le marché
La fragmentation de la chaîne de valeur	**Activités des CVM** réalisées **dans plusieurs pays** (par exemple : pièces détachées pour l'Airbus A320)

Aux sources de la compétitivité des pays

8

☐ OK

La compétitivité d'un pays désigne sa capacité à exporter ou à attirer des activités. Celle-ci dépend de la compétitivité de ses firmes et de ses caractéristiques sociopolitiques et géographiques.

I De la productivité à la compétitivité des firmes

1 Définition de la productivité des firmes

- La productivité d'une firme mesure son efficacité productive. Une firme est ainsi plus productive qu'une autre si elle réalise un produit pour un coût plus faible.
- La productivité se calcule en divisant une production par ses facteurs de production (travail et capital). On mesure ainsi la productivité du travail en divisant la valeur ajoutée par le nombre de travailleurs mobilisés. La productivité peut aussi être mesurée par la PGF ▶ FICHE 1.
- Différents déterminants peuvent stimuler la productivité des entreprises, notamment le progrès technique, la formation des travailleurs, les économies d'échelle ou encore une augmentation des rémunérations qui peut motiver les travailleurs.

2 La stimulation par les gains de productivité

- Les gains de productivité permettent aux firmes de réduire leur coût de production et, conséquemment, leur prix de vente, et ainsi d'augmenter leur compétitivité-prix, c'est-à-dire leur capacité à vendre leurs produits à un prix moins élevé que le prix de leurs concurrentes.
- Mais la compétitivité ne dépend pas seulement du prix. La qualité d'un produit, son caractère innovant ou les services associés (services après-vente, garanties, etc.) stimulent la compétitivité hors-prix (ou structurelle) de la firme qui le réalise et sa capacité à gagner des parts de marché sur des concurrents parfois moins chers.

Mot clé

La **compétitivité** est la capacité à augmenter et maintenir ses ventes de biens et services sur le marché international ou sur le marché national.

- Les revenus résultant des gains de productivité peuvent être investis en recherche et développement pour améliorer les produits et stimuler la compétitivité hors-prix des firmes.

II Les déterminants de la compétitivité d'un pays

1 La compétitivité des firmes

- Plus les compétitivités-prix et hors-prix de ses firmes sont élevées, plus les **exportations** d'un pays sont susceptibles d'être élevées.
- Cette compétitivité peut être stimulée par des **gains de productivité** qui réduisent les coûts unitaires de production et procurent un revenu qui peut être **réinvesti** pour innover.
- Elle peut être stimulée de différentes autres manières : une baisse de la **rémunération** du travail et du capital qui permet de réduire les coûts de production ; des **consommations intermédiaires** accessibles à bon marché ; des niveaux d'**impôts** et de **cotisations sociales** modérés en comparaison des pays concurrents.

2 Des critères sociopolitiques et géographiques

- L'économiste américain Paul Krugman affirme que la compétitivité ne peut être réduite à la productivité, car elle a une **dimension politique et sociale**. Un pays n'est pas une entreprise.
- La compétitivité d'un pays peut alors être mesurée par son attractivité. Celle-ci dépend des coûts de production ou du niveau des impôts ; mais aussi de la disponibilité et de la qualité des infrastructures (établissements scolaires, hôpitaux, etc.), de la stabilité politique, de la situation géographique, etc.

Mot clé

L'**attractivité** d'un pays est sa capacité à attirer et retenir sur son territoire des activités économiques et des facteurs de production (travailleurs et capitaux).

L'ESSENTIEL

La compétitivité des pays

La compétitivité des firmes
- compétitivité-prix : gains de productivité, réduction des coûts et des prix de vente
- compétitivité hors prix : innovation, services

L'attractivité du pays
- qualité des infrastructures
- niveau modéré des impôts
- stabilité politique
- situation géographique

Aux sources des chaînes de valeur mondiales (CVM)

9

☐ OK

Les échanges concernent davantage des biens intermédiaires que des produits finis. En effet, les firmes multinationales recourent de façon croissante à la décomposition internationale de leur processus productif (DIPP), c'est-à-dire à la répartition des étapes de leur production dans plusieurs pays.

I Les facteurs techniques et politiques

1 L'évolution des technologies et le libre-échange

- La baisse des coûts de transport a facilité la dispersion géographique de la production.
- Les nouvelles technologies de l'information et de la communication (NTIC) ont facilité la synchronisation d'unités de production dispersées.
- L'évolution des techniques de production a permis la décomposition et la standardisation des étapes de production qui peuvent être confiées à des unités de production différentes, situées dans différents pays.
- Pour que des composants puissent être transportés puis assemblés pour former un produit fini, les pays doivent pratiquer le libre-échange ▶ FICHE 10. Le GATT à partir de 1947 puis l'OMC à partir de 1995, ou encore la constitution de grands marchés régionaux dans les années 1990 (Union européenne, Mercosur, Alena, etc.) ont favorisé cette ouverture.

2 Le rôle des firmes multinationales (FMN)

- Les différentes phases de production d'un produit étant segmentables, les entreprises cherchent à installer leurs unités de production dans différents pays, selon leur attractivité.
- Les firmes multinationales recourent également de plus en plus à l'externalisation : elles renoncent alors au contrôle d'une étape de la production au profit de multiples partenaires extérieurs (clients, fournisseurs, etc.) pour se concentrer ainsi sur le cœur de leur activité.

Mot clé

Une **firme multinationale**, ou **transnationale**, est une firme qui possède ou contrôle des unités de production dans plusieurs pays.

Cette CVM peut s'inscrire également dans des logiques de glocalisation, consistant à concilier concentration de la production afin de réaliser des économies d'échelle, et adaptation du produit final aux demandes locales. Les sandwichs de l'entreprise McDonald's, par exemple, s'adaptent aux habitudes alimentaires locales.

II Les modalités de transnationalisation des entreprises

1 Les investissements directs à l'étranger

Les firmes se transnationalisent en opérant des investissements directs à l'étranger (IDE). On distingue les investissements qui résident dans le fait de créer de toutes pièces une unité de production dans un pays étranger, de ceux qui consistent à acquérir une unité déjà existante.

Mot clé

Les **investissements directs à l'étranger (IDE)** consistent pour une entreprise située dans un pays à prendre le contrôle d'au moins 10 % du capital social d'une entreprise située dans un autre pays.

2 Les délocalisations

Lorsque la firme ferme des unités de production dans un pays pour ouvrir des unités de substitution dans d'autres pays, on parle de délocalisation au sens strict. Selon l'Insee, entre 2011 et 2017, 14 000 emplois en France ont été délocalisés en moyenne chaque année. Au sens large, on parle de délocalisation lorsqu'une entreprise procède à un IDE. On considère en effet que même si elle ne ferme pas une unité de production, elle prive un pays d'un apport de capitaux au profit d'un autre.

L'ESSENTIEL

Les chaînes de valeur mondiales

Les facteurs techniques et politiques
- progrès techniques dans les transports
- développement des NTIC
- accords de libre-échange (GATT, UE...)

Les modalités de transnationalisation des entreprises
- investissements directs à l'étranger (IDE)
- délocalisations au sens strict
- délocalisations au sens large

Le débat opposant libre-échange et protectionnisme

10

☐ OK

Bien que de nombreuses théories préconisent le développement du commerce extérieur, une contestation croissante de la mondialisation semble en nuancer les avantages. Ce débat oppose les partisans du libre-échange à ceux du protectionnisme.

I Le libre-échange

1 Les avantages du libre-échange

- Le libre-échange augmente les profits des producteurs. Leur spécialisation et les économies d'échelle stimulent leur productivité et leurs profits.
- Il augmente la satisfaction des consommateurs en leur offrant une plus grande variété de produits à des prix moins élevés.
- Il peut contribuer à réduire les inégalités entre les pays. En s'intégrant au commerce mondial, la Chine a réduit l'écart de niveau de vie qui la séparait des pays riches.

Mot clé

Le **libre-échange** est une doctrine qui préconise la suppression de toute entrave aux échanges et la spécialisation internationale.

2 Les risques du libre-échange

- Dans un contexte de libre-échange, les entreprises les moins compétitives font faillite, et certaines délocalisent tout ou partie de leurs activités, au détriment de l'emploi local.
- Comme le regrette António Gutteres, Secrétaire général des Nations unies depuis 2017, le libre-échange augmente les inégalités au sein de chaque pays. Les travailleurs les plus qualifiés et les capitaux peuvent s'offrir aux pays les plus rémunérateurs ; les travailleurs les moins qualifiés doivent accepter des rémunérations locales faibles.
- Toute spécialisation n'est pas nécessairement avantageuse : si un pays produit un bien dont la valeur baisse sur les marchés internationaux, sa production en volume augmente, mais ses revenus chutent.

Mot clé

Une **délocalisation** est un transfert d'activité d'un pays à un autre, notamment pour réduire les coûts de production.

▶ FICHE 9

II Le protectionnisme

1 Les avantages du protectionnisme

- Le protectionnisme désigne les mesures visant à **protéger la production nationale** contre la concurrence étrangère, notamment pour protéger l'emploi ou certains secteurs d'activité comme l'agriculture. Il peut se manifester par une hausse du prix des importations (droits de douane, subventions aux producteurs locaux, baisse du taux de change) ou par des limites (quotas, normes techniques et sanitaires, etc.).

> **Mot clé**
> Les **droits de douane** sont des impôts prélevés sous la forme d'un pourcentage du prix de la marchandise importée.

- Le protectionnisme peut également chercher à protéger des activités jugées d'**intérêt national** (agriculture, médicaments et vaccins, etc.) ou encore être brandi comme recours contre des pratiques étrangères jugées déloyales (**dumping** socio-fiscal ou environnemental).

2 Les risques du protectionnisme

- Le protectionnisme **limite la concurrence** et n'incite donc pas à innover et gagner en productivité ; il en résulte un maintien des prix à un niveau élevé.
- Il peut entraîner des **représailles des pays étrangers**. En réponse au relèvement des droits de douane américains sur ses produits (passés de 3,1 à 21,8 % entre mars 2018 et septembre 2019 à la demande du président D. Trump), la Chine a relevé ceux qu'elle applique à ses importations de produits américains (de 8 à 21,8 %).
- Le protectionnisme peut être **inégalitaire** : les subventions de l'Union européenne permettent à ses agriculteurs de rivaliser avec des produits d'Amérique du Sud qui seraient plus compétitifs sinon.

L'ESSENTIEL

Les avantages et risques du libre-échange

- hausse de la productivité et du profit des entreprises
- baisse des prix, différenciation et variété des produits
- hausse des inégalités locales

Les avantages et risques du protectionnisme

- protège des modèles sociaux et environnementaux ambitieux
- pas d'incitation à l'innovation
- prix retenus à un niveau élevé
- guerre commerciale
- avantage des pays riches

Avez-vous bien révisé les fiches 1 à 10 ? On vérifie !

Économie (1)

1 Les sources de la croissance économique
▶ FICHES 1 À 3

1. Les sources de la croissance sont...

☐ **a.** l'accumulation des facteurs de production.

☐ **b.** le progrès technique. ☐ **c.** l'augmentation de la PGF.

2. Les États initient des externalités favorables car ...

☐ **a.** leurs investissements bénéficient aux agents économiques.

☐ **b.** les organismes publics mesurent le PIB.

☐ **c.** ils contribuent à la formation du capital humain.

2 Progrès technique et inégalités de revenu
▶ FICHE 4

Le progrès technique accroît les inégalités salariales...

☐ **a.** parce qu'il est favorable aux travailleurs qualifiés.

☐ **b.** parce qu'il accroît la demande de travail peu qualifié.

☐ **c.** parce que les salaires diminuent par rapport à la rémunération du capital.

3 Échanges et compétitivité entre pays
▶ FICHE 6

D'après la théorie des avantages comparatifs, chaque pays a intérêt à se spécialiser...

☐ **a.** dans les productions où il a le plus grand avantage.

☐ **b.** à la seule condition de posséder un avantage absolu.

☐ **c.** selon un facteur dont il est doté abondamment.

4 Libre-échange et protectionnisme
▶ FICHE 10

Le protectionnisme...

☐ **a.** consiste à renoncer au commerce international.

☐ **b.** favorise les représailles commerciales.

☐ **c.** protège de pratiques commerciales étrangères déloyales.

CORRIGÉS

1 Les sources de la croissance économique

1. Réponses a, b et c.

La croissance économique est permise à la fois par l'accumulation des facteurs de production (croissance extensive) et par le progrès technique qui contribue à augmenter la PGF (croissance intensive).

Mot clé

Une **récession** désigne une période de baisse de l'activité économique qui se traduit par un ralentissement de la croissance. Pour J. A. Schumpeter, cette phase du cycle dure entre 20 et 25 ans avant l'apparition d'une innovation majeure.

2. Réponses a et c. Les États favorisent la croissance en contribuant à la formation du capital humain et en bénéficiant à tous les agents. Les dépenses publiques (santé, éducation, infrastructures...) augmentent la productivité de la main-d'œuvre et facilitent les échanges.

2 Progrès technique et inégalités de revenu

Réponse a.

Le progrès technique favorise les travailleurs qualifiés qui sont capables de s'adapter aux avancées technologiques. Leur salaire augmente alors que celui des travailleurs peu qualifiés diminue.

3 Échanges et compétitivité entre pays

Réponses a et c.

La théorie des avantages comparatifs stipule que les pays ont intérêt à se spécialiser dans les productions où ils ont le plus grand avantage, résultant éventuellement de leurs dotations factorielles.

4 Libre-échange et protectionnisme

Réponses b et c.

Le protectionnisme consiste généralement non pas à renoncer au commerce international mais à le restreindre afin de protéger les organisations productives locales ou l'intérêt national.

FLASHCARDS

Mémorisez les idées clés des fiches 1 à 10

12

Économie (1)

1

Comment mesure-t-on la croissance économique ?

▶ FICHE 1

2

Qu'est-ce que le phénomène de destruction créatrice ?

▶ FICHE 2

3

Pourquoi les brevets favorisent-ils l'innovation ?

▶ FICHE 3

4

Qu'est-ce qu'une croissance soutenable ?

▶ FICHE 5

5

Comment expliquer les échanges entre pays comparables ?

▶ FICHE 7

6

Quels sont les déterminants de la compétitivité d'un pays ?

▶ FICHE 8

7

Quels facteurs ont rendu possible la mondialisation des chaînes de valeur ?

▶ FICHE 9

8

Quels sont les risques du libre-échange ?

▶ FICHE 10

RÉPONSES

Pour mieux ancrer les connaissances, découpez les cartes et jouez avec !

2

Destruction créatrice : disparition d'activités obsolètes remplacées par des activités innovantes.

1

La **croissance économique** correspond à l'**augmentation du PIB**, c'est-à-dire à l'augmentation de la production de biens et de services dans une économie, pour une année.

4

Croissance soutenable : croissance qui permet aux générations présentes de satisfaire leurs besoins tout en **préservant l'environnement** pour les générations futures.

3

Les **brevets** garantissent à leur détenteur de pouvoir disposer d'un **monopole** sur leur innovation : ils sont incités à innover.

6

La **compétitivité** d'un pays dépend de :
- la **productivité** des entreprises ;
- ses **infrastructures** (écoles, hôpitaux, etc.) ;
- sa **stabilité** politique ;
- sa **situation** géographique...

5

Échanger entre pays comparables permet de produire et vendre sur un marché étendu et ainsi de dégager des économies d'échelle et d'augmenter la **variété** des produits disponibles pour les acheteurs.

8

Le **libre-échange** peut entraîner une montée du **chômage** et des **inégalités**, notamment au détriment des moins qualifiés et des pays ayant choisi des spécialisations peu avantageuses.

7

La **mondialisation des chaînes de valeur** a été favorisée par :
- la **baisse des coûts** de transport et de communication ;
- l'évolution des techniques de production ;
- le développement du **libre-échange**.

Définir et mesurer le chômage

13

☐ OK

Lutter contre le chômage implique de définir au préalable ce qu'on entend par chômage puis de le mesurer. Or cerner la nature du chômage est complexe.

I Les définitions du chômage

1 Chômage et sous-emploi : de quoi parle-t-on ?

- Le marché du travail met en relation une offre de travail (personnes en emploi ou au chômage) et une demande de travail (employeurs) qui s'ajustent sur un niveau de prix, le salaire. Le chômage correspond alors à un déséquilibre lorsque l'offre de travail est supérieure à la demande.
- On définit de manière générale le chômage comme la situation d'une population sans emploi et qui en recherche un.
- Le sous-emploi englobe les personnes occupant un emploi à temps partiel mais souhaitant travailler davantage ou encore ayant une activité partielle en raison de difficultés financières de leur employeur (chômage partiel).

> **Mot clé**
> L'**emploi** désigne une activité rémunérée et déclarée. Les personnes en emploi sont considérées comme actives occupées et les chômeurs à la recherche d'un emploi sont dits actifs inoccupés.

2 Les définitions du chômage

- En France, deux organismes aux objectifs différents, Pôle emploi et l'Insee, publient des données sur le chômage. Le premier accompagne les chômeurs tandis que le second produit des études statistiques. Ils n'ont donc pas les mêmes critères pour définir et mesurer le chômage.
- Pôle emploi comptabilise le nombre de demandeurs d'emploi en fin de mois inscrits dans ses fichiers (DEFM). On distingue 5 catégories de DEFM, de A à E. La définition du chômage correspond à la situation des DEFM de catégorie A : population inscrite à Pôle emploi, sans activité dans le mois et tenue à des « actes positifs » de recherche d'emploi.
- L'Insee réalise régulièrement une enquête emploi afin de dresser l'état des lieux du marché du travail. Le chômage représente l'ensemble des personnes en âge de travailler (de 15 ans et plus) sans emploi, qui en recherchent un et sont disponibles pour travailler. Cette définition est celle retenue par les économistes car elle reprend les critères d'un organisme international : le Bureau international du travail (BIT).

II Les mesures du chômage

1 Une mesure complexe

- Les mesures du chômage au sens de l'Insee et de Pôle emploi ne se superposent pas. Un chômeur peut ne pas être inscrit à Pôle emploi, par exemple un jeune n'ayant jamais travaillé. En outre, le nombre de DEFM varie au gré des inscriptions et des radiations de l'organisme selon les pratiques en vigueur. *A contrario,* un senior proche de la retraite, inscrit à Pôle emploi (DEFM), est considéré comme inactif, et non comme un chômeur, par l'Insee.
- La mesure du chômage est complexe puisqu'elle dépend des définitions retenues. En outre, les frontières entre emploi, chômage selon l'Insee et inactivité sont floues : on parle alors d'un « halo » autour du chômage ▶ FICHE 41.

2 Les indicateurs du chômage

- Le taux de chômage, mesuré par l'Insee, est le pourcentage de chômeurs dans la population active. Il est ainsi calculé :

$$\frac{\text{nombre de chômeurs} \times 100}{\text{population active (en emploi ou au chômage)}}$$

- Le taux d'emploi est le pourcentage d'actifs occupés, soit des personnes en emploi, dans la population en âge de travailler.

$$\frac{\text{population active occupée} \times 100}{\text{population en âge de travailler}}$$

- Le taux d'emploi est un indicateur complémentaire au taux de chômage qui mesure la capacité d'un pays à mobiliser les ressources en main-d'œuvre.

L'ESSENTIEL

Les définitions du chômage

- **Selon l'Insee** : ensemble des personnes de 15 ans et plus sans emploi, qui en recherchent un et sont disponibles pour travailler (critères du BIT).
- **Selon Pôle emploi** : demandeurs d'emploi inscrits au fichier à la fin du mois (DEFM) et tenus de faire des actes positifs de recherche d'emploi (catégorie A).

Le chômage structurel : des causes multiples

14

☐ OK

Le chômage dit « structurel » trouve son origine dans des difficultés d'ajustement du marché du travail.

I Les problèmes d'appariement et d'information imparfaite

1 L'inadéquation entre offre et demande

- Sur le marché du travail, certains emplois restent non pourvus alors que le chômage persiste. Il n'y a pas toujours appariement entre offre et demande de travail, contrairement aux analyses néoclassiques du marché du travail.
- L'information est imparfaite : le chômeur n'a pas connaissance immédiate de la création ou de la vacance d'un emploi. Il doit s'informer et cette recherche a des coûts de prospection (délai de recherche d'emploi, abonnements à des sites d'offres d'emploi...). On parle alors de frictions sur le marché du travail. Le chômage qui en résulte, difficilement compressible, est qualifié de frictionnel.
- Les emplois vacants peuvent être concentrés dans une zone géographique et la population au chômage dans une autre et être ainsi à l'origine d'inadéquations spatiales. Or la mobilité induit des surcoûts éventuels (trajets entre le domicile et le travail plus longs, voire nécessité d'un déménagement ...) que les moins qualifiés, aux rémunérations plus basses, ont plus de difficultés à assumer.
- Des inadéquations de qualifications existent également entre les qualifications des actifs et celles requises pour occuper un emploi. Si la formation des chômeurs peut pallier cette difficulté, elle induit des délais d'ajustement aux emplois proposés.

2 Asymétrie d'information et salaire d'efficience

- Il existe des asymétries d'information : les employeurs ne connaissent pas le niveau de productivité des actifs qu'ils recrutent. Pour attirer les meilleurs candidats et les inciter à être productifs, ils fixent un salaire dit « d'efficience », supérieur à celui qui égalise les quantités de travail offertes et demandées, soit le salaire d'équilibre.

Mot clé

Lors d'un échange ou d'un contrat, quand l'une des parties dispose d'informations que l'autre ignore, on parle d'**asymétries d'information**.

- La fixation de salaires plus élevés que le salaire d'équilibre augmente le **coût du travail** pour les entreprises. Celles-ci préfèrent donc moins embaucher, ce qui est source de chômage à l'échelle macroéconomique.

II | Les effets ambivalents des institutions

1 Les effets négatifs des institutions

- Selon les néoclassiques, le chômage peut être la conséquence d'un **coût du travail trop élevé** par rapport au salaire d'équilibre, celui-ci résultant du libre ajustement entre offre et demande de travail. L'existence d'un salaire minimum élevé illustre ce mécanisme.
- Des règles de **protection** de l'emploi (procédures et coûts liés aux licenciements) peuvent pousser les entreprises à diminuer leur demande de travail qui devient ainsi inférieure à l'offre de travail. Cette situation est source de chômage.
- L'existence d'un faible écart entre les prestations sociales versées aux chômeurs et le salaire engendré par un retour à l'emploi aurait des effets désincitatifs sur l'emploi. Les chômeurs pourraient alors tomber dans des **trappes à inactivité** et rester plus longtemps au chômage.

2 Les effets positifs des institutions

- Les prestations sociales versées aux chômeurs leur laissent du temps pour rechercher un emploi et se former, augmentant ainsi leur **employabilité**. Cette hausse de capital humain peut baisser le chômage.
- Les prestations sociales permettent de maintenir le niveau de consommation des chômeurs. Le salaire minimum protège de la pauvreté. Ces revenus soutiennent la **demande globale** et limitent le chômage conjoncturel ▶ FICHE 15.

L'ESSENTIEL

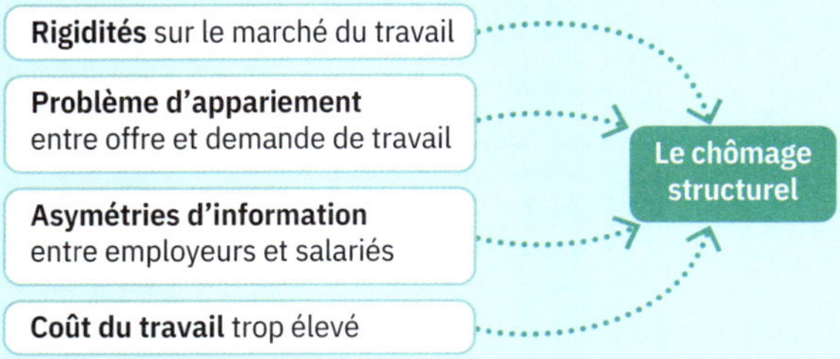

Le chômage conjoncturel : les causes

15

☐ OK

J. M. Keynes est le premier économiste à mettre en évidence l'existence d'un chômage conjoncturel, un chômage lié aux fluctuations de l'activité économique.

I L'analyse fondatrice de J. M. Keynes

1 Le contexte et le cadre de l'analyse

- Dans les années 1930, les pays industrialisés doivent faire face à une conjoncture inédite. La baisse de la production est durable et s'accompagne d'un chômage de masse. Cette période, qualifiée de « Grande Dépression », va renouveler les analyses économiques.

Mot clé

La **conjoncture** est l'état de l'économie à court terme. La variation du PIB ou le taux de chômage font partie des indicateurs de la conjoncture.

- Contrairement aux analyses néoclassiques, l'économiste britannique J. M. Keynes (1883-1946) montre que le niveau de l'emploi ne se détermine pas sur le marché du travail mais dépend du marché des produits. Ainsi la production réalisée ne correspond pas toujours au niveau de production qui permettrait le plein-emploi.

2 Les causes du chômage

- Keynes explique le chômage par une insuffisance de la demande effective ou anticipée, soit de la demande attendue par les chefs d'entreprise en biens de production (destinés aux entreprises) et en biens de consommation. En l'absence de débouchés, les entrepreneurs réduisent leur niveau de production et, en conséquence, ont moins besoin de main-d'œuvre. Le niveau d'emploi est ajusté à la baisse et du chômage apparaît.

- Ainsi, selon Keynes, le chômage résulte des décisions de production des chefs d'entreprise compte tenu de leurs anticipations de demande. liées à la conjoncture

- Les économistes s'accordent à dire aujourd'hui que plusieurs types de chômage peuvent coexister. On oppose parfois le chômage structurel au chômage conjoncturel qui renvoie au chômage keynésien. Ce dernier a tendance à disparaître quand la conjoncture s'améliore, contrairement au chômage structurel ▶ FICHE 14.

II Fluctuations et chômage

1 L'instabilité de la croissance ...

- Quand la croissance est instable, on parle de **fluctuations économiques**. Celles-ci désignent les mouvements de ralentissement ou d'accélération de la croissance économique à court terme. Les crises sont suivies de ralentissement ou de baisse de l'activité économique. Quand la baisse de la production, mesurée par le PIB, est durable, on parle de **dépression** ; s'il s'agit de ralentissement de la croissance du PIB ou baisse plus ponctuelle du PIB, on parle de **récession**.

- Dans une économie, la somme des ressources (ce qui est produit) est égale à la somme des emplois (l'usage de ces ressources) : c'est l'**équilibre emploi-ressources**. On note Y le niveau de production c'est-à-dire le PIB, M les importations, X les exportations, CF la consommation finale des ménages, I l'investissement et ΔS la variation de stocks :

$$Y + M \text{ (total des ressources)} = CF + I +/- \Delta S + X \text{ (total des emplois)}$$

En isolant le niveau de production, on obtient : $Y = CF + I +/- \Delta S + X - M$

La production est égale à la **demande globale**, somme des demandes de consommation finale, d'investissement, de la variation des stocks et des exportations diminuées du montant des importations.

- À court terme, l'instabilité de la croissance peut ainsi trouver son origine dans les **variations** des composantes de la demande globale.

2 ... facteur de chômage conjoncturel

Quand les entreprises sont confrontées à une faiblesse des composantes de la demande globale, elles n'utilisent pas toutes leurs **capacités de production** et limitent les embauches, voire licencient. Au niveau macroéconomique, la récession qui en résulte aggrave le chômage. On peut ainsi définir le **chômage conjoncturel** comme résultant d'un ralentissement temporaire de l'activité économique et/ou des fluctuations de la demande globale.

L'ESSENTIEL

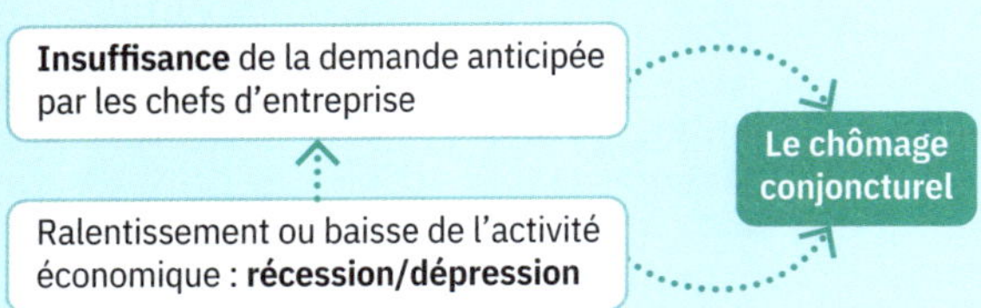

Les principales politiques de lutte contre le chômage

16

☐ OK

L'existence de plusieurs formes de chômage aux causes diverses nécessite des politiques économiques différenciées.

I Politiques de soutien de la demande globale

- L'existence d'un chômage conjoncturel appelle des politiques macroéconomiques de soutien des principales composantes de la demande globale ▶ FICHE 15. On parle de **politiques expansives**. Deux instruments, monétaires et budgétaires, peuvent être combinés.
- Les **politiques budgétaires expansives** peuvent consister à diminuer les recettes budgétaires, par exemple les impôts sur le revenu, pour augmenter le revenu disponible des ménages (obtenu en faisant la somme des revenus primaires et des revenus de transfert – principalement les prestations sociales – et en retranchant les impôts directs et cotisations sociales) afin de favoriser la consommation. En augmentant les dépenses budgétaires, sous forme d'investissements publics, les pouvoirs publics soutiennent également la demande globale.
- Les **politiques monétaires** de baisse des taux d'intérêt directeurs incitent les agents économiques à investir, ce qui doit stimuler la demande globale : les entreprises anticipent une hausse de la demande et ajustent leur niveau de production en conséquence. Elles vont embaucher davantage, diminuant ainsi le nombre de chômeurs.

II Politiques d'allègement du coût du travail

- Le chômage, trouvant son origine dans un coût du travail trop élevé, est qualifié de **classique**. Dans la théorie néoclassique, les entreprises ne décident d'embaucher que si le coût du travail est inférieur à la productivité marginale du travail. Les travailleurs à plus faible productivité ont ainsi plus de risque d'être confrontés à ce type de chômage en l'absence de flexibilité des salaires.

> **Mot clé**
>
> Le **coût du travail** recouvre les salaires bruts (salaires nets plus les cotisations sociales salariales) et les cotisations sociales versées par l'employeur.

- Les **politiques d'allègement de charges sociales** sur les bas salaires et la création de contrats ciblant les actifs les moins productifs, assortis de rémunérations plus faibles, doivent permettre d'alléger le coût du travail.

- La baisse du coût du travail a pour objectif de stimuler directement la demande de travail mais aussi de favoriser la **compétitivité** des entreprises ▶ FICHE 8, source de croissance, et *in fine* l'emploi.

III Politiques de formation et de flexibilisation du marché du travail

- Le développement de la **formation** des actifs peu qualifiés accroît leur polyvalence et les rend plus employables. Un système de formation adapté permet une meilleure **adéquation** entre l'offre et la demande de travail et réduit la composante structurelle du chômage.
- La flexibilisation du marché du travail englobe les mesures permettant l'adaptation de l'offre de travail et de la demande de travail aux besoins des entreprises. Les pouvoirs publics cherchent à diminuer les **rigidités institutionnelles**, sources de chômage structurel ▶ FICHE 14.
- **Assouplir** les règles de licenciement, faciliter le recours aux emplois précaires (intérim, contrat à durée déterminée…), rendre possible l'adaptation de la durée du travail aux fluctuations de l'activité économique (heures supplémentaires, temps partiel…) sont des mesures possibles.
- Ces mesures, en permettant aux entreprises d'adapter leurs coûts salariaux à leur environnement économique, doivent faciliter la **création d'emplois**.

L'ESSENTIEL

Les politiques de lutte contre le chômage

- **Soutien à la demande globale**
  - politiques budgétaires : baisse de l'impôt sur le revenu, hausse de l'investissement public
  - politiques monétaires : baisse des taux d'intérêt directeurs
- **Amélioration de l'employabilité** : formation initiale et continue des actifs
- **Allègement du coût du travail** : flexibilité des salaires, réduction de charges…
- **Flexibilisation** du marché du travail : conditions de licenciement, durée du travail…

Les crises financières

17

☐ OK

Depuis le XIXe siècle, les crises financières sont récurrentes. En 1929, le krach boursier de Wall Street provoque une crise majeure. Le début du XXIe siècle est marqué par la crise des subprimes.

I La crise financière des années 1930

1 Les mécanismes d'une crise financière

- L'expression « crise financière » désigne des fluctuations de forte amplitude sur les marchés bancaires et financiers. Elle combine une crise boursière (ou krach boursier) et une crise bancaire pouvant déboucher sur une crise économique.
- Les crises financières ont pour cause principale l'instabilité des marchés financiers, entretenue par la spéculation. En effet, ces marchés connaissent des cycles.
  - Une première phase se caractérise par une hausse du prix des actifs financiers et la formation d'une bulle spéculative ▶ FICHE 18.
  - Une seconde phase connaît une forte baisse du prix de ces actifs pouvant conduire à des faillites bancaires en chaîne ▶ FICHE 19.
  - Le plus souvent, ces crises s'étendent à l'économie réelle ▶ FICHE 20.

2 Le krach boursier de 1929 à l'origine de la crise des années 1930

- Au cours des années 1920, l'économie des États-Unis connaît une forte croissance entraînant une hausse des profits des entreprises ainsi que l'augmentation des cours boursiers.
- Mais en 1929, la situation économique se dégrade (la production baisse de 7 %). Cependant, l'augmentation des cours à la Bourse de New York se poursuit car des investisseurs continuent à s'endetter pour spéculer. Le jeudi 24 octobre, un effondrement boursier se produit. Entre 1929 et 1932, les cours boursiers chutent de 87 %.

> **Mot clé**
> Un **effondrement boursier** ou krach désigne un effondrement brutal des cours boursiers après une hausse spéculative.

- Le krach de Wall Street entraîne la faillite de nombreuses banques. La crise financière s'étend alors à l'ensemble de l'économie et devient internationale.

II La crise financière de 2008

- Les crédits subprimes sont des crédits à risque accordés à des ménages aux faibles revenus, peu solvables, afin d'acquérir un logement. Ces crédits sont hypothécaires, garantis par la revente du logement en cas de défaut de paiement de l'acquéreur, et à taux variables.
- La hausse des taux d'intérêt à partir de 2004 alourdit la charge du remboursement des crédits subprimes. Dès lors, de nombreux ménages ne peuvent rembourser leur emprunt. Les banques revendent alors en masse les biens immobiliers hypothéqués, entraînant une forte baisse des prix de l'immobilier.
- La titrisation des crédits subprimes est à l'origine de la diffusion de la crise à l'ensemble du système bancaire et financier mondial. Les banques américaines transfèrent par la titrisation les emprunts à risque à l'étranger. La valeur des titres détenus par les banques s'effondre alors.

> **Mot clé**
> La **titrisation** est l'opération par laquelle une créance est transformée en titre négociable sur le marché financier.

- Les banques qui ont investi dans les actifs à risque liés aux crédits subprimes réalisent des pertes importantes.
- Le 15 septembre 2008, Lehman Brothers, quatrième banque d'investissement américaine, se déclare en faillite, provoquant, par effet de contagion, une crise de confiance au niveau mondial et l'insolvabilité de nombre d'établissements financiers et non financiers. Les conséquences sont considérables : resserrement du crédit, krachs boursiers, faillites.

L'ESSENTIEL

Les crises financières

La crise de 1929
- éclatement d'une bulle spéculative
- krach boursier à Wall Street
- faillite des banques
- diffusion internationale de la crise

→ chute de la croissance et chômage

La crise des subprimes de 2008
- hausse des taux des crédits hypothécaires
- incapacité des ménages à les rembourser
- effondrement des prix de l'immobilier et des marchés financiers

→ chute de la croissance et chômage

Les bulles spéculatives

18

☐ OK

Les crises financières sont souvent à l'origine de l'éclatement des bulles spéculatives. Celles-ci naissent de la spéculation faite sur les marchés financiers. Depuis la crise de la tulipe dans les Provinces-Unies (Pays-Bas) au XVIIe siècle, d'autres bulles spéculatives ont marqué les économies.

I La formation des bulles spéculatives

1 La spéculation

- On parle de bulle spéculative lorsque le prix d'un actif augmente de manière excessive par rapport à sa valeur réelle. Une bulle se forme lorsque cet actif existe en quantité limitée et que sa valeur est difficile à déterminer.
- La bulle trouve son origine dans la spéculation. Celle-ci consiste à acheter des actifs pour les revendre à un prix plus élevé. La spéculation est le plus souvent condamnée pour des raisons morales car elle ne permet pas d'accroître la richesse réelle d'un pays. Le comportement des spéculateurs étant également irrationnel, le marché financier est rendu très instable.

2 Les mécanismes de la formation des bulles spéculatives

- Une bulle spéculative naît souvent en période de confiance dans l'économie. Les investisseurs anticipent une hausse des prix d'un actif (nouveau produit, nouvelle entreprise). Cette hausse attire de nouveaux investisseurs, produisant une augmentation du prix de l'actif.
- Un événement économique ou politique extérieur modifie les anticipations provoquant alors une baisse brutale du prix de l'actif : c'est l'éclatement de la bulle spéculative matérialisé par la chute des cours.
- Le développement d'une bulle spéculative est favorisé par l'endettement, lié le plus souvent à des taux d'intérêt faibles. Il s'explique par les comportements mimétiques des investisseurs.

> **Mot clé**
> On parle de **comportement mimétique** sur le marché financier lorsque les décisions des investisseurs sont influencées par celles des autres investisseurs.

II Exemples de bulles spéculatives

1 La « tulipomanie » dans les Provinces-Unies

- La crise de la tulipe est la **première grande bulle spéculative** connue. La tulipe est introduite aux Pays-Bas (Provinces-Unies à l'époque) vers 1550 et devient un produit de spéculation.

- En 1637, la demande de tulipes baisse entraînant une **chute des prix**. Ainsi, la bulle spéculative éclate suivant un processus classique : les prophéties auto-réalisatrices des spéculateurs alimentent la hausse des prix puis leur chute.

Mot clé

Une **prophétie auto-réalisatrice** est une affirmation (par exemple : « la valeur des actions va augmenter ») qui induit un comportement des investisseurs provoquant la réalisation du phénomène annoncé.

2 La bulle Internet

- La bulle Internet est une bulle spéculative, formée à la fin des années 1990, touchant les valeurs des secteurs de l'information et de la communication. De nombreuses entreprises liées aux nouvelles technologies (**start-up**) se créent. Les spéculateurs, anticipant d'importants profits futurs, investissent dans ces entreprises même si elles sont déficitaires.

- Mais en 2000, les analystes financiers commencent à douter de la solidité des start-up et leur valeur s'effondre, provoquant l'éclatement de la bulle et un krach boursier.

L'ESSENTIEL

Les bulles spéculatives

1. **Période de confiance** : nombre d'investisseurs achètent des actions d'une entreprise dont ils anticipent une forte hausse de la valeur.
2. **Comportement mimétique** : l'optimisme de certains investisseurs en attire de nouveaux, augmentant artificiellement la valeur de l'actif.
3. **Éclatement de la bulle** : un événement économique ou politique entraîne une baisse brutale du prix de l'actif en question.
4. **Période de panique** : les investisseurs revendent leurs actions, aggravant la chute de la valeur de l'actif en question.

Les crises bancaires

19

☐ OK

La crise financière de 2008 est d'abord une crise bancaire. Elle commence par la faillite de la banque américaine Lehman Brothers. Les crises bancaires sont à l'origine des crises financières car elles peuvent provoquer de véritables paniques entraînant des faillites bancaires en chaîne.

I Le rôle des banques dans l'économie

1 Le rôle d'intermédiaire financier

- Les banques ou établissements de crédit sont des établissements financiers qui collectent les dépôts du public (principalement des dépôts à vue) et accordent des crédits aux entreprises et aux ménages. Les banques sont donc des intermédiaires financiers : elles collectent l'épargne des agents économiques ayant une capacité de financement pour la distribuer aux agents demandant un financement.
- Parmi les intermédiaires financiers, la banque a la particularité de créer de la monnaie (monnaie scripturale) lorsqu'elle accorde un crédit à un de ses clients. Le système bancaire joue un rôle essentiel dans le processus de création monétaire ▶ COURS DE 1re.

2 L'évolution de l'intermédiation bancaire

- À partir de la seconde moitié des années 1970, des réformes touchant le système financier ont pour objectif de développer le financement direct sur le marché financier. Cela a eu pour conséquence le déclin de l'activité traditionnelle d'intermédiation des banques.

> **Mot clé**
> On parle de **financement direct** lorsque les agents ayant un besoin de financement peuvent se financer directement sur le marché financier.

- Les banques se sont adaptées aux transformations du financement de l'économie. Elles se financent de plus en plus en émettant des titres financiers et réciproquement, financent de plus en plus l'économie en achetant des titres financiers.
- De plus, le système bancaire a connu un mouvement important de concentration favorisant l'émergence de grandes banques internationales. Ainsi, en 2017, le secteur bancaire français compte 443 établissements de crédit. Il est dominé par 6 groupes concentrant 83 % de l'activité bancaire.

II Les mécanismes des crises bancaires

1 Crise de la liquidité et risque de panique bancaire

- Les crises financières, comme celle de 1929 ou celle de 2008, peuvent entraîner la faillite de banques. Lors d'une crise, par manque de confiance, les banques ne se prêtent plus entre elles les fonds nécessaires pour répondre aux retraits de leurs clients.

- De nombreux clients, qui n'ont plus confiance dans la capacité de leur banque à assurer ses obligations du fait d'un manque de liquidité, décident de retirer leur épargne déposée, pouvant provoquer ainsi une panique bancaire puis la faillite de la banque.

Mot clé

Une **panique bancaire** désigne une ruée des particuliers vers leur banque pour y retirer l'intégralité de leur argent.

2 De la panique bancaire aux faillites en chaîne

- Les réformes libéralisant le fonctionnement des banques ont accru la prise de risque de ces établissements financiers. De plus, l'importance des banques dans l'économie crée un phénomène d'aléa moral ▶ FICHE 21 : les banques prennent des risques car elles sont assurées d'être renflouées par les pouvoirs publics en cas de panique bancaire.

- À l'origine, la panique bancaire touche les banques en manque de liquidités. Cependant, la ruée vers les guichets d'une banque peut provoquer un phénomène de contagion puisque les banques sont interdépendantes. La faillite d'une banque entraîne des faillites en chaîne et l'effondrement du système bancaire : on parle alors de risque systémique.

L'ESSENTIEL

Les crises bancaires

1. **Conditions risquées** : le système bancaire est concentré ; les banques sont impliquées sur le marché financier (spéculation).
2. **Crise de la liquidité** : les banques n'ont plus confiance et ne se prêtent plus entre elles.
3. **Panique bancaire** : les clients retirent leur épargne.
4. **Faillites** : les banques étant interdépendantes, la faillite d'une banque risque d'entraîner l'effondrement du système bancaire.

La transmission des crises financières à l'économie réelle

20

☐ OK

Les crises financières s'accompagnent souvent d'une récession plus ou moins longue. Cette transmission de la crise financière à l'économie réelle s'opère par deux canaux principaux.

I La transmission par le canal du crédit

1 La baisse de l'offre de crédit

- L'économie réelle se distingue de l'économie financière. Elle recouvre la production, les investissements, l'emploi, etc. Elle est financée par le système financier (institutions financières, marché financier).
- Lorsqu'une crise financière survient, les banques connaissent des difficultés pour acquérir des liquidités et consentent plus difficilement des prêts aux entreprises et aux ménages. Cette crise de confiance a pour effet une hausse des taux d'intérêt.

> **Mot clé**
>
> L'**économie financière** désigne tout ce qui touche au financement de l'économie : monnaie, marchés financiers dont la Bourse, institutions bancaires et financières.

2 La baisse de l'activité économique

- La contraction du crédit touche d'abord les petites et moyennes entreprises ; certaines d'entre elles doivent cesser leur activité. La hausse des taux d'intérêt limite l'investissement des entreprises.
- La contraction du crédit concerne également les ménages qui, empruntant plus difficilement, réduisent leur consommation. Il en résulte un ralentissement de la croissance économique (récession), voire une baisse de la production (dépression).

II La transmission par le canal de la dépréciation des actifs

1 Un effet de richesse négatif

- La richesse d'un ménage est constituée de ses revenus mais également de la valeur de son patrimoine financier (actions, obligations, titres financiers) ou non financier (immobilier). Dès lors, toute variation de la valeur du patrimoine a des effets de richesse. Cet effet est positif si la valeur du patrimoine augmente, négatif si elle diminue.

- L'effet de richesse diffère selon les pays : l'effet de richesse lié à l'immobilier est plus important aux États-Unis qu'en France (les propriétaires de biens étant plus nombreux).

- Lors de la crise des subprimes, l'immobilier représente le collatéral des crédits accordés aux ménages. Le non-remboursement des crédits par les ménages pauvres entraîne des « ventes forcées » immobilières ainsi que la baisse du prix du collatéral. Cette baisse s'ajoute à la chute des cours boursiers. Dès lors, la richesse réelle des ménages diminue.

Mot clé

Le **collatéral** est un actif remis en garantie par l'emprunteur lorsqu'un crédit lui est accordé. Pour les crédits subprimes, le logement constitue le collatéral du crédit.

2 La baisse de la consommation et les difficultés de financement

- La hausse de l'épargne, provoquée par un effet de richesse négatif, diminue la consommation des ménages. De plus, ceux-ci rencontrent plus de difficultés pour emprunter car leur capacité d'endettement dépend de la valeur de leur patrimoine, particulièrement aux États-Unis et au Royaume-Uni.

- La baisse du cours des actions rend plus difficile le financement des entreprises par l'émission d'actions. Les investisseurs ne sont pas encouragés à acquérir de nouveaux titres dans un contexte de crise boursière.

- La baisse de la consommation et les difficultés de financement ont des effets négatifs sur la production, ce qui génère une baisse du PIB.

L'ESSENTIEL

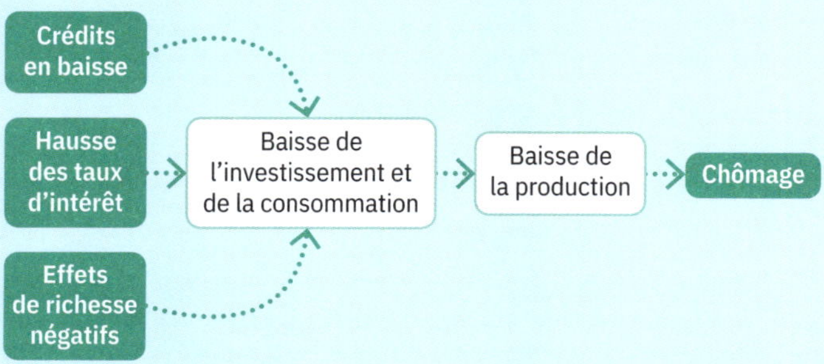

La régulation du système financier

21

☐ OK

La répétition des crises financières a des coûts économiques et sociaux importants. Elle montre que les marchés financiers ne peuvent pas s'autoréguler. Dès lors, les pouvoirs publics doivent prendre des mesures de régulation pour limiter les risques de crise.

I Une réglementation plus sévère

1 Les règles prudentielles

- Les règles prudentielles sont des dispositifs légaux visant à limiter les comportements à risque des institutions financières, notamment les banques. Elles ont deux objectifs : protéger les épargnants et les investisseurs ; limiter le risque systémique inhérent au système bancaire ▶ FICHE 19.

- Les règles prudentielles sont issues du Comité de Bâle. L'accord dit de Bâle III entériné en 2010 définit un nouveau ratio de solvabilité. Il passe de 8 % à au moins 10,5 % à partir de 2019, ce qui contraint les banques à accroître leurs fonds propres.

Mot clé

Le **ratio de solvabilité** des banques est le rapport, exprimé en pourcentage, entre les fonds propres et le montant des crédits distribués pondérés par les risques associés à ces crédits.

2 La transparence des marchés

- La transparence sur le marché financier tient à la qualité de l'information dont disposent les opérateurs financiers. Cette transparence est, en principe, favorisée par l'existence d'agences de notation dont le rôle est d'évaluer les risques que présentent les emprunteurs.

- La crise financière de 2008 a mis en évidence les insuffisances de l'action des agences de notation, notamment parce qu'elles étaient rémunérées par les sociétés dont les risques étaient évalués. L'Union européenne a décidé par une directive de 2012 d'encadrer l'activité de ces agences pour éviter les conflits d'intérêts.

- Une part importante des opérations financières a lieu dans des paradis fiscaux, caractérisés par un faible niveau de taxation et par le secret bancaire. Des mesures ont été prises, notamment pour réduire le secret bancaire (accords portant sur des échanges d'informations fiscales).

II Le contrôle de la finance

1 Limiter la spéculation

> **Mot clé**
> L'**aléa moral** est la situation d'un agent économique qui, sur le marché, prend un risque inconsidéré car il est certain d'être couvert contre ce risque.

- Des réformes sont prises pour diminuer l'aléa moral en garantissant qu'une banque qui spécule et qui connaît des difficultés n'entraîne pas la perte de l'épargne des ménages qui n'ont pas spéculé.
- Pour mieux contrôler l'activité des banques, des réformes (loi Dodd-Frank aux États-Unis en 2010, règle Vickers en 2011 en Grande-Bretagne, loi Moscovici en France en 2013) effectuent une **séparation plus nette** entre les activités de financement des banques et leurs activités spéculatives.

2 La supervision bancaire

- En France, l'**Autorité de contrôle prudentiel et de résolution** (ACPR) est un organisme indépendant chargé de superviser le système bancaire. Le **Mécanisme de surveillance unique** (MSU), mis en place en 2014 organise la supervision bancaire au niveau européen. Il a pour objectif d'empêcher que les difficultés que pourrait connaître une banque européenne ne se propagent à l'ensemble des banques des pays de l'UE.
- Dans le cadre du MSU, la **Banque centrale européenne** (BCE) contrôle les 118 plus grands groupes bancaires de la zone euro, en collaboration avec chaque autorité nationale. Les autres établissements sont contrôlés par les autorités nationales, notamment l'ACPR en France.

L'ESSENTIEL

Les mesures de régulation du système financier

- **Règles prudentielles :** hausse du ratio de solvabilité des banques devant accroître leurs fonds propres
- **Encadrement de l'activité des agences de notation** pour éviter les conflits d'intérêt
- **Lutte contre les paradis fiscaux** : réduction du secret bancaire
- **Séparation entre les activités** de financement et les activités spéculatives des banques
- **Supervision bancaire :** ACPR (France), MSU avec la BCE (UE)

Intégration européenne et croissance économique

22

☐ OK

Dès la fin de la Seconde Guerre mondiale, l'intégration européenne apparaît comme un moyen pour assurer une paix durable en Europe. Cette intégration est d'abord économique afin de favoriser la croissance.

I Les étapes de l'intégration européenne

1 De l'union douanière au marché unique

> **Mot clé**
>
> L'**intégration européenne** est un processus entraînant une cohésion économique et politique de plus en plus forte entre les pays européens.

- Pour mettre fin aux conflits qui ont marqué le XXe siècle et installer la paix sur le continent européen, des responsables politiques, les « Pères fondateurs » de l'Europe, décident de renforcer la coopération entre les différents États. En 1951, le traité instituant la Communauté européenne du charbon et de l'acier (CECA) pose les bases de l'intégration européenne qui se poursuit en 1957 avec la signature des traités de Rome favorisant l'intégration économique européenne. L'intégration politique demeure limitée.
- L'un des traités de Rome institue la Communauté économique européenne (CEE) qui comprend une union douanière et un marché commun.
- L'union douanière supprime toute entrave à la circulation des biens au sein de la CEE. Elle est effective à partir du 1er juillet 1968.
- Le marché commun, ou marché unique, prévoit la libre circulation des biens, des services, des capitaux et des personnes. L'Acte unique européen, en 1986, instaure le marché unique à partir de 1993.

2 La mise en place de la zone euro

- L'adoption d'une monnaie unique par l'Union européenne s'impose au sein de ce marché unique. En 1988, un comité est chargé de fixer les étapes du passage à une Union économique et monétaire (UEM).
- Une convergence économique des pays adoptant la monnaie unique est alors nécessaire. Les pays souhaitant adhérer à la zone euro devront répondre aux conditions imposées par le comité. La décision de créer une monnaie unique est prise lors du traité de Maastricht en 1992.

- La **zone euro** est effective depuis 1999 et regroupe tous les pays de l'Union européenne qui ont adopté la monnaie unique, l'euro, émise par la Banque centrale européenne.
- Le Royaume-Uni (avant sa sortie de l'UE en 2020), le Danemark et la Suède, membres de l'Union européenne, ont refusé d'une manière définitive d'en faire partie.

II Les effets du marché unique sur la croissance

- Le marché unique permet la constitution d'un **marché plus vaste** que le marché national. L'ouverture aux entreprises européennes de l'ensemble des marchés nationaux accroît leurs débouchés favorisant ainsi l'augmentation de la production et donc la croissance économique.
- L'**accroissement** de la production permet de réaliser des économies d'échelle ▶ FICHE 7. Le coût unitaire de production baisse du fait de l'augmentation de la production. La baisse des coûts de production entraîne une baisse des prix permettant ainsi une hausse du pouvoir d'achat des agents économiques. La consommation et la croissance de la production sont alors stimulées.
- La baisse des coûts de production liée au marché unique permet d'améliorer la **compétitivité-prix** ▶ FICHE 8 des entreprises européennes. Ainsi, celles-ci peuvent accroître leurs exportations vers les marchés hors de l'Union européenne.
- La concurrence entre les entreprises au sein du marché unique incite les entreprises à **innover** dans leurs produits, mais aussi dans leur organisation productive impliquant des gains de productivité. Ces innovations profitent aux consommateurs et accélèrent la croissance économique.

L'ESSENTIEL

L'intégration européenne

- **1951** CECA
- **1957** Traités de Rome créant la CEE
- **1986** Marché unique (effectif en 1993)
- **1992** Traité de Maastricht créant l'euro (effectif en 1999)

La politique européenne de la concurrence

23

☐ OK

Au sein de l'Union européenne, la politique de la concurrence est devenue indissociable du marché unique. Cependant, cette politique connaît des limites.

I Les caractéristiques

1 Les objectifs

- La **politique de la concurrence** est définie comme l'ensemble des institutions et réglementations garantissant les principes concurrentiels. Elle représente un moyen de protéger la libre concurrence et de réguler le marché.
- La politique de la concurrence doit assurer une concurrence, **libre**, **loyale** et **non faussée**. Elle est tenue, en principe, d'améliorer la compétitivité des entreprises en les incitant à innover et de favoriser la consommation par une baisse des prix et une plus grande qualité des produits.

2 Les modalités

- La politique de la concurrence est une **compétence exclusive** de l'Union européenne et sa mise en œuvre est de la responsabilité de la Commission européenne. Au niveau national, des organismes sont chargés de l'application de cette politique (en France, l'Autorité de la concurrence).
- La politique de la concurrence définit des **règles** concernant les entreprises. Elle interdit aux entreprises de s'entendre sur les prix ou les quantités produites. Les entreprises ne doivent pas abuser d'une position dominante sur le marché. Enfin, la Commission européenne contrôle les opérations de concentration afin d'empêcher les pratiques anticoncurrentielles.

> **Mot clé**
> L'**abus de position dominante** consiste, pour une entreprise, à profiter de sa position de « leader » sur le marché, en empêchant l'arrivée de nouvelles entreprises sur un marché lié par exemple.

- La politique de la concurrence concerne également les **interventions publiques**. Les aides de l'État sont interdites lorsqu'elles risquent de fausser la concurrence. De plus, elle remet en cause les monopoles publics en les ouvrant à la concurrence.

II Les limites

1 L'absence de « champions européens »

- La politique de la concurrence est jugée trop **restrictive**. Elle contrôle les concentrations, refuse certaines d'entre elles et empêche la constitution de « champions européens », c'est-à-dire d'entreprises suffisamment importantes pour faire face à la concurrence internationale.
- L'interdiction des **aides publiques** aux entreprises est également critiquée et vue comme un handicap (tous les pays hors de l'UE, notamment la Chine et les États-Unis, soutiennent leurs entreprises).

2 La remise en cause des services publics

- L'Union européenne a remis en cause les monopoles publics jugés inefficaces. La politique de la concurrence a incité la Commission européenne à redéfinir la notion de **service public**. Elle distingue les services d'intérêt économique général (SIEG) qui doivent être soumis à la concurrence, des services d'intérêt général (Santé, Éducation, Défense) qui peuvent échapper au marché et donner lieu à l'intervention de l'État.

> **Mot clé**
> Un **monopole public** est une entreprise gérée par l'État ou une collectivité locale qui est le seul offreur sur un marché.

- L'ouverture de certains services publics peut avoir des effets économiques, sur l'emploi par exemple, mais surtout sur la **cohésion sociale**. Mais la recherche de l'efficacité et de coûts moins élevés amène les services publics traditionnels à réduire leurs coûts et leur présence sur le territoire national (fermetures de bureaux de poste par exemple).

L'ESSENTIEL

La politique européenne de la concurrence

Objectifs
- protéger la libre concurrence
- favoriser la consommation (baisse des prix…)

Modalités
- responsabilité de la Commission européenne
- interdiction des abus de position dominante
- ouverture des monopoles publics à la concurrence

Limites
- absence de « champions européens »
- remise en cause des monopoles publics

La politique économique conjoncturelle de l'UE

24

☐ OK

Pour agir sur l'activité économique, les pouvoirs publics mettent en œuvre une politique économique conjoncturelle. Celle-ci repose sur deux instruments principaux : la politique monétaire et la politique budgétaire.

I La politique monétaire

1 Les principes de la politique monétaire

- La **politique monétaire** désigne l'ensemble des moyens mis en œuvre pour contrôler l'offre de monnaie. Elle est menée en France par la Banque centrale qui peut être indépendante du pouvoir politique, et dans la zone euro, par la Banque centrale européenne (BCE).
- Aujourd'hui, les principaux **instruments** de la politique monétaire sont les taux d'intérêt et le montant des réserves obligatoires. La Banque centrale agit sur la création monétaire des banques en fixant un taux d'intérêt pour le refinancement des banques (taux d'intérêt directeur). Elle intervient également sur le marché monétaire (*open market*), comme c'est le cas pour la BCE.
- Les **réserves obligatoires** recouvrent la quantité de monnaie que chaque banque doit obligatoirement déposer sur un compte à la Banque centrale. Celle-ci détermine un taux de réserve obligatoire mesuré par la quantité de monnaie en réserve relative à la quantité de monnaie scripturale créée par les banques.

2 Les effets de la politique monétaire

- La politique monétaire est un instrument pour agir sur la conjoncture économique. Traditionnellement, elle agit pour réduire l'**inflation**. Cependant, dans une optique keynésienne, la politique monétaire peut permettre de relancer l'activité économique.
- Une variation des **taux d'intérêt** a des effets sur la demande de crédits et donc sur la demande de monnaie. Ainsi, une hausse du taux directeur accroît le coût du crédit et limite la création monétaire (et inversement pour une baisse du taux directeur). La hausse du taux de réserves obligatoires produit les mêmes conséquences.

> **Mot clé**
>
> Le **taux directeur** désigne le taux d'intérêt fixé par la Banque centrale. Il influence les taux d'intérêt des banques.

- Cependant, une politique monétaire destinée à limiter l'inflation, comme celle menée par la BCE, peut avoir des **effets négatifs** sur la croissance économique et l'emploi. Le coût plus élevé du crédit freine la croissance de l'investissement ainsi que celle de la consommation.

II | La politique budgétaire

- La politique budgétaire consiste, pour les pouvoirs publics, à utiliser le budget de l'État pour agir sur la conjoncture économique. Les ressources du budget dépendent de la **politique fiscale** : taux d'imposition, création ou suppression d'impôts. Les dépenses publiques recouvrent les dépenses de l'État et des administrations publiques ainsi que celles des organismes de Sécurité sociale.
- Un solde budgétaire (différence entre les recettes et les dépenses publiques) négatif est le signe d'un **déficit public**. L'action sur le déficit peut être un instrument essentiel de la politique budgétaire.
- La politique budgétaire peut être utilisée dans le cadre d'une **politique de relance**. Une hausse des dépenses publiques et/ou une baisse du taux d'imposition a des effets positifs sur la demande globale sur le marché. Cependant, dans la zone euro, cette politique connaît des limites du fait du Pacte de stabilité et de croissance ▶ FICHE 25 car elle a pour effet d'augmenter l'endettement des pays. Le remboursement de cet endettement prend une part de plus en plus importante dans les dépenses publiques.
- La hausse des dépenses publiques peut entraîner une accélération de l'inflation et un déficit extérieur élevé. Dès lors, la baisse des dépenses et la réduction de l'endettement public deviennent prioritaires pour limiter l'inflation (**politique de rigueur**).

L'ESSENTIEL

La politique monétaire (Banque centrale) →
- **Principe** : la BCE fixe les taux d'intérêt et le montant des réserves obligatoires
- **Effets** : réduire l'inflation, relancer l'activité

La politique budgétaire (État) →
- **Politique de relance** : hausse des dépenses et baisse des prélèvements (dans les limites fixées par le Pacte de stabilité et de croissance)
- **Politique de rigueur** : baisse des dépenses et de la dette pour limiter l'inflation

Spécificités et défauts de coordination des politiques économiques de l'UE

25

☐ OK

Les spécificités de la politique économique au sein de l'Union européenne nécessitent une coordination des politiques conjoncturelles.

I Les caractéristiques de la politique économique de l'UE

1 Une politique monétaire européenne unique mais…

- Pour les 20 pays ayant adopté l'euro comme monnaie unique, la politique monétaire est unique et elle est mise en œuvre par la Banque centrale européenne (BCE). Les Banques centrales nationales mettent en application ses décisions.

> **Mot clé**
>
> La **Banque centrale européenne** est indépendante du pouvoir politique car aucun gouvernement ne peut lui imposer ses décisions.

- Les statuts de la BCE stipulent que son objectif principal est la stabilité des prix, c'est-à-dire un niveau d'inflation avoisinant les 2 %. Pour atteindre cet objectif, la BCE fixe les taux d'intérêt directeurs auxquels les banques se refinancent auprès de la BCE. Ces taux d'intérêt s'appliquent à tous les pays de la zone euro quelle que soit la situation de leur conjoncture économique.

2 … des politiques budgétaires nationales et un faible budget européen

- La politique budgétaire reste sous la responsabilité de chaque État de l'UE. Pour coordonner les politiques budgétaires nationales et éviter l'apparition de déficits excessifs, les pays de la zone euro ont adopté, en 1997, un Pacte de stabilité et de croissance (PSC).
- Le PSC oblige les pays de la zone euro à avoir un déficit public inférieur à 3 % du PIB et un taux d'endettement public inférieur à 60 % du PIB. Si un pays dépasse les limites imposées par le PSC, la Commission européenne doit, en principe, engager une procédure pour déficit excessif.
- La faiblesse du budget européen empêche toute politique de relance économique en cas de nécessité. En effet, son budget ne représente que 1 % du PIB des pays de l'Union européenne. Il est principalement utilisé pour la Politique agricole commune (PAC) et la Politique de cohésion.

II Les difficultés de la politique économique de l'UE

- Une politique monétaire commune peut avoir des **conséquences différentes** sur la croissance économique selon les pays de la zone euro. Si le taux d'inflation moyen au sein de la zone euro est trop élevé, la BCE peut augmenter ses taux d'intérêt, provoquant ainsi un ralentissement de la croissance dans les pays où elle est déjà faible.
- Ainsi, dans les années 2000, l'Espagne avait un taux de croissance et une inflation élevés alors que l'Allemagne et la France avaient une croissance faible. Des taux d'intérêt trop hauts freinaient la croissance des pays les moins dynamiques; trop bas, ils favorisaient l'inflation déjà élevée des pays à croissance forte.
- Malgré le PSC, les pays de l'UEM sont impactés différemment par les chocs asymétriques. La crise des subprimes, par exemple, a touché inégalement les pays de l'UE : forte augmentation du taux de chômage dans certains pays (Grèce et Espagne), baisse de ce taux en Allemagne.

> **Mot clé**
> Un **choc asymétrique** est un choc économique qui ne touche qu'un seul pays ou dont l'effet diffère selon les pays.

- L'**absence de solidarité** et de coordination des politiques conjoncturelles ne permet pas de relancer l'activité économique d'un pays européen frappé par une crise. Les pays de la zone euro ont contraint la Grèce dans les années 2010 à une politique de baisse drastique des dépenses publiques en contradiction avec la politique monétaire menée par la BCE, accentuant ainsi le chômage et la pauvreté.
- Afin d'éviter que les politiques de rigueur ne remettent en cause l'Union économique et monétaire, un fonds de solidarité financière (le **Mécanisme européen de stabilité**, MES) a été créé.

L'ESSENTIEL

Les défauts de coordination
- **Contraintes** : faible budget européen, PSC
- **Impuissance** face aux chocs asymétriques
- Politique monétaire unique **parfois en contradiction** avec politique budgétaire
- Politiques budgétaires **parfois opposées** d'un État à un autre

Économie (2)

1 Chômage structurel et conjoncturel

▶ FICHES 14 À 16

1. Le chômage frictionnel résulte…
- [ ] a. du ralentissement de l'activité économique.
- [ ] b. des délais d'ajustement d'un emploi à un autre.
- [ ] c. d'un désaccord entre les salariés et leur employeur.

2. Le chômage conjoncturel peut résulter d'une baisse…
- [ ] a. de la consommation.
- [ ] b. des exportations.
- [ ] c. des importations.

3. Comment lutter contre le chômage conjoncturel ?
- [ ] a. en stimulant le pouvoir d'achat des ménages
- [ ] b. en baissant les taux d'intérêt
- [ ] c. en développant la formation

2 Crises financières et bancaires

▶ FICHES 17 À 21

1. Lors d'une crise financière, le prix des actifs financiers…
- [ ] a. connaît une hausse.
- [ ] b. connaît une baisse.

2. La supervision bancaire a pour objectif…
- [ ] a. d'assurer la stabilité du système bancaire.
- [ ] b. d'augmenter les crédits accordés par les banques.
- [ ] c. de favoriser l'augmentation de la taille des banques.

3 Les politiques économiques dans l'UE

▶ FICHES 22 À 25

1. La Commission européenne remet en cause les monopoles publics car ils sont…
- [ ] a. la propriété de l'État.
- [ ] b. jugés inefficaces.

2. Dans l'UE, la politique budgétaire est conduite par…
- [ ] a. la Commission.
- [ ] b. le Conseil européen.
- [ ] c. les États.

CORRIGÉS

1 Chômage structurel et conjoncturel

1. Réponse b. Le chômage frictionnel correspond aux délais d'ajustement d'un emploi à un autre. Les chômeurs ont en effet besoin de temps pour rechercher un nouvel emploi et aussi pour s'y adapter.

2. Réponses a et b. La consommation et les exportations sont des composantes de la demande globale : leur insuffisance entraîne une baisse des débouchés pour les entreprises, source de chômage conjoncturel.

3. Réponses a et b. Stimuler le pouvoir d'achat des ménages et/ou baisser les taux d'intérêt doit permettre de vaincre le chômage conjoncturel. Il s'agit de politiques macroéconomiques de soutien de la demande globale.

2 Crises financières et bancaires

1. Réponse b. Les crises financières peuvent également se manifester par la faillite d'institutions financières ou non financières.

2. Réponse a. La supervision bancaire a également pour objectif de protéger l'épargne des clients des banques.

3 Les politiques économiques dans l'UE

1. Réponse b. La Commission européenne a redéfini la notion de service public. Elle distingue les services d'intérêt économique général (SIEG) des services d'intérêt général (santé, éducation, défense).

2. Réponse c. Mais chaque pays se voit imposer des limites par le Pacte de stabilité et de croissance : déficit budgétaire inférieur à 3 % du PIB, endettement public inférieur à 60 % du PIB.

À savoir

Si un pays dépasse les limites imposées par le PSC, la Commission européenne peut engager une **procédure pour déficit excessif**. Le Conseil Ecofin, réunissant les ministres de l'Économie et des Finances de tous les pays membres, a alors le droit de prendre des sanctions (dépôt auprès de la BCE, amende).

FLASHCARDS

27

Mémorisez les idées clés des fiches 13 à 25

Économie (2)

1

Citez les deux façons de mesurer le taux de chômage.

FICHE 13

2

Quel type de chômage accompagne une récession ?

FICHE 15

3

En quoi consiste la spéculation ?

FICHE 18

4

Quelle est l'origine d'une panique bancaire ?

FICHE 19

5

Quels sont les objectifs des règles prudentielles ?

FICHE 21

6

Que permet le marché unique ?

FICHE 22

7

Quelles sont les caractéristiques d'une politique de relance ?

FICHE 24

8

Quel est l'objectif principal de la Banque centrale européenne ?

FICHE 25

RÉPONSES

Pour mieux ancrer les connaissances, découpez les cartes et jouez avec !

1

Il existe **deux façons de mesurer le chômage** : celle de l'**Insee** reprenant les critères du BIT et celle de **Pôle Emploi** comptabilisant le nombre de chômeurs inscrits dans ses agences.

2

Une **période de récession**, soit un ralentissement ou une baisse de l'activité économique à court terme, est facteur de **chômage dit « conjoncturel »**.

3

Spéculation : activité consistant à acheter des actifs pour les revendre à un **prix plus élevé**.

4

Une **panique bancaire** a pour origine le **manque de confiance** des clients des banques en la capacité des banques à assurer leurs obligations.

5

Les **règles prudentielles** ont pour objectif de **limiter les comportements à risque** des institutions financières, notamment les banques.

6

Le **marché unique** permet la libre circulation :

- des biens ;
- des services ;
- des capitaux ;
- des personnes.

7

La **politique de relance** se traduit par une hausse des dépenses publiques pour accélérer la croissance économique. La **politique de rigueur** implique une hausse des taux d'intérêt pour freiner l'inflation.

8

L'objectif principal de la **Banque centrale** européenne est la **stabilité des prix**.

La société française : un espace social hiérarchisé

28

☐ OK

La société française est hiérarchisée en groupes sociaux. L'appartenance à un groupe est déterminée par la profession de l'individu. Mais il existe d'autres critères de hiérarchisation de l'espace social.

I La profession, un déterminant central de la position sociale

1 Un accès aux ressources lié à la profession occupée

- La position sociale d'un individu est fortement liée à sa profession. Si le niveau de diplôme détermine fortement les chances d'accès à une profession, celle-ci conditionne l'accès à de nombreuses ressources.

- Les revenus, et donc l'accès aux biens et services de consommation, les conditions de travail, le prestige social sont très variables selon les professions ainsi que la stabilité économique (le montant de l'allocation chômage étant d'ailleurs calculé en fonction du salaire journalier de référence). Toutes les professions sont donc associées à des positions sociales hiérarchisées.

2 Des catégories socioprofessionnelles hiérarchisées

- La nomenclature des professions et catégories socioprofessionnelles (PCS) a été élaborée pour classer les professions et regrouper celles qui présentent une certaine similarité en termes d'accès aux ressources valorisées ou de pratiques sociales dans une même catégorie socioprofessionnelle (CSP). Elle constitue un outil pour rendre compte de la structure sociale.

- Il en résulte une hiérarchie sociale, reposant sur le type d'emploi occupé, la place dans la hiérarchie, le niveau de qualification, le secteur d'activité. Les membres des CSP ouvriers et employés occupent généralement une position sociale proche, mais inférieure à celle qu'occupent les membres de la CSP profession intermédiaire, ceux-ci occupant une position sociale inférieure aux membres de la CSP cadres et professions intellectuelles supérieures.

Mot clé

La **nomenclature des PCS** de l'Insee est fondée sur différents critères (activité, inactivité, profession, statut de l'emploi, niveau de qualification…) et rassemble dans une même catégorie des individus présentant des propriétés sociales communes.

II D'autres facteurs de structuration

1 La position dans le cycle de vie et le genre

- Le genre est une variable importante de différenciation. Les femmes ont généralement un **désavantage** sur les hommes pour accéder aux ressources valorisées. Elles occupent plus souvent un emploi précaire, ont une rémunération moindre et consacrent plus de temps aux activités domestiques que les hommes.

- Certaines hiérarchies sociales se rapportent à la **position** dans le cycle de vie. Les jeunes actifs sont plus exposés au chômage que les individus plus âgés. Ainsi, en 2019, 20 % des jeunes de 20 à 24 ans sont au chômage, ce taux est 2,3 fois plus élevé que celui des actifs de 25 à 49 ans.

> **Mot clé**
> Le **cycle de vie** est constitué des différentes étapes qui jalonnent la vie (entrée à l'école, insertion sur le marché du travail, retraite...).

2 Le lieu de résidence et la composition du ménage

- L'accès aux ressources socialement valorisées diffère aussi selon le **lieu de résidence**. Ainsi les résidents de zone rurale ou périurbaine accèdent moins facilement aux consommations culturelles que les urbains. De même, à diplôme égal, habiter un quartier d'une banlieue défavorisée donne un désavantage en termes d'accès à l'emploi. Selon le rapport 2016 de l'Observatoire national de la politique de la ville, un diplômé bac + 5 de plus de 30 ans a 22 % de chances de moins d'occuper un emploi de cadre lorsqu'il est issu des quartiers prioritaires.

- La **composition du ménage** est enfin un facteur de différenciation sociale. Les familles monoparentales sont ainsi plus exposées à la pauvreté que les familles composées d'un couple et de leurs enfants. À revenu du ménage égal, le niveau de vie d'un célibataire et celui d'une famille nombreuse sont aussi très différents.

L'ESSENTIEL

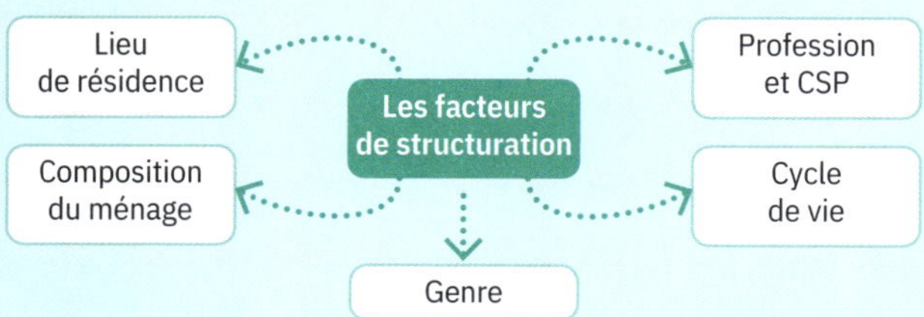

Les évolutions de la structure socioprofessionnelle en France

29

☐ OK

La structure socioprofessionnelle correspond à la répartition de la population active parmi les types d'emplois ou CSP. Depuis les années 1950, elle a connu plusieurs mutations.

I Des emplois de plus en plus salariés qui se tertiarisent

1 La salarisation des emplois

- Engagée dès le XVIIIe siècle, la salarisation se poursuit jusqu'à nos jours. Selon l'Insee, dans les années 1960, 30 % des actifs occupés exercent une profession indépendante, contre 10 % dans les années 2000. Depuis, la part des emplois salariés reste stable (89 % des emplois).
- Depuis 2009 se développent des formes d'emploi brouillant la frontière entre emplois salariés et emplois indépendants ▶ FICHE 41.

2 La tertiarisation des emplois

- Jusque dans les années 1960, la salarisation est liée à l'industrialisation et au recul des emplois indépendants. Mais progressivement, la part des emplois directement liés à la production de biens recule au profit des emplois de services.
- Les emplois dans les services représentent 40 % du total des emplois dans les années 1960 et plus de 70 % aujourd'hui. Ce changement s'accompagne du recul de la part des ouvriers au profit de celle des employés, des cadres et des professions intermédiaires.

Mot clé

Les **employés** dans les CSP regroupent les actifs salariés occupant des emplois non directement liés à la production de biens et nécessitant peu de qualification.

II Des emplois de plus en plus qualifiés

- La part des emplois qualifiés dans l'emploi total croît fortement dans les dernières décennies. Par exemple, celle des cadres et des professions intellectuelles supérieures a presque quadruplé depuis les années 1960.

Mot clé

La **qualification** d'un emploi repose sur les qualités, compétences, niveau et type de diplôme, considérés comme nécessaires, pour occuper un poste.

- Parallèlement, la part globale des **emplois peu ou non qualifiés** a diminué. La part des emplois peu qualifiés a diminué dans le secteur secondaire. La part des ouvriers a été divisée par plus de deux depuis les années 1960. Mais leur nombre s'accroît dans le secteur des services. Les emplois non qualifiés représentent aujourd'hui 1 emploi sur 5 environ.

III Une croissance de l'emploi féminin

1 Les femmes plus présentes sur le marché du travail

- En 1960, 6,8 millions de femmes et 13 millions d'hommes occupent un emploi contre respectivement 12,7 et 13,5 millions en 2017. Cette augmentation est donc due à la **croissance** de l'emploi féminin. Il représente aujourd'hui 48,5 % de l'emploi total (contre 34 % en 1960).
- Ce processus est lié aux **mutations** économiques, aux modifications de la place des femmes dans la société et aux progrès dans la reconnaissance de leurs droits.

2 La persistance des inégalités de genre

- À diplôme égal, les femmes accèdent moins souvent que les hommes aux postes les plus qualifiés et sont en moyenne **moins bien rémunérées** ▶ FICHE 53. Selon le ministère du Travail, en 2019, elles perçoivent un salaire (équivalent temps plein) de 18,5 % inférieur à celui des hommes.
- Certains emplois leur sont réservés et d'autres continuent à leur être relativement fermés, témoignant de la persistance de **stéréotypes**.

L'ESSENTIEL

Les évolutions de la structure sociale en France

- **Salarisation** : part des **emplois salariés** de 70 % (années 1960) à 89 % (de nos jours)
- **Tertiarisation** : part des **emplois de services** de 40 % (années 1960) à 70 % (de nos jours)
- **Qualification** : part des **emplois qualifiés** presque quadruplée depuis les années 1960
- **Féminisation** : part de l'**emploi féminin** de 34 % (années 1960) à 48,5 % (de nos jours)

Les analyses fondatrices de la stratification sociale

30

☐ OK

La stratification sociale correspond au découpage de la société en groupes sociaux, homogènes en termes d'accès aux ressources socialement valorisées, mais hiérarchisés. Les analyses de Marx et Weber sont fondatrices des théories ultérieures de la stratification sociale.

I L'analyse marxiste des classes sociales

1 Des « classes en soi »

- Pour Marx, le mode de production (la manière d'organiser la production et les échanges de biens et services dans une société) crée des positions sociales distinctes et hiérarchisées et forme des groupes sociaux dont les intérêts s'opposent. Ces groupes sont appelés classes sociales.

- Marx identifie deux classes sociales : la bourgeoisie, propriétaire du capital, et le prolétariat qui, ne possédant pas les moyens de production, est contraint, pour assurer sa subsistance, de vendre son travail à la première. Objectivement, les prolétaires partagent la même situation et ont donc le même intérêt, opposé à celui de la bourgeoisie qui les domine. Chaque groupe forme ainsi une classe en soi.

Mini-bio

Karl Marx (1818-1883), économiste, philosophe, historien et militant politique allemand, est également considéré comme un précurseur de la sociologie, notamment pour ses analyses de la stratification sociale.

2 Des « classes pour soi »

- La concurrence à laquelle sont soumis les prolétaires pour vendre leur force de travail tend d'abord à les diviser et à les empêcher d'agir collectivement pour défendre leurs intérêts de classe.

- Mais progressivement, au fil de l'histoire et des révolutions, émerge une véritable conscience de classe, c'est-à-dire le sentiment de former un groupe uni par les mêmes intérêts et soudé par l'opposition à la classe bourgeoise ▶ FICHE 31. La classe ouvrière devient une classe pour soi, mobilisée contre la domination de la bourgeoisie dans une lutte des classes.

II La théorie wébérienne de la stratification sociale

1 La notion de classe sociale chez Max Weber

Weber définit une classe comme une catégorie composée d'individus partageant une même situation de classe, soit une même probabilité d'accéder aux ressources économiques (biens et services, revenus, patrimoine…). Pour lui, les classes sociales sont hiérarchisées mais ne sont pas de véritables groupes sociaux, dotés d'un sentiment d'appartenance et en lutte les uns contre les autres.

2 Une stratification sociale tridimensionnelle

- Alors que pour Marx la stratification sociale s'organise autour d'un seul élément de nature économique (la possession ou non des moyens de production), Weber considère que la stratification sociale s'organise selon trois dimensions (ou ordres) en partie indépendantes les unes des autres. Chaque individu peut occuper une position différente dans chacune des dimensions de la stratification sociale.

Mini-bio

Max Weber (1864-1920), économiste et sociologue allemand, est un des fondateurs de la sociologie. La religion constitue un des objets d'étude centraux de son œuvre.

- La position sociale de l'individu n'est pas seulement liée à sa classe sociale (dimension économique). Elle dépend également de son groupe de statut, qui rassemble tous ceux qui bénéficient de la même probabilité d'accéder au prestige social (dimension sociale) et de sa plus ou moins grande participation au pouvoir politique, selon son degré d'engagement dans un parti, à titre de dirigeant, de membre actif ou de simple électeur (dimension politique).

L'ESSENTIEL

La théorie de K. Marx →
- La possession ou non des moyens de production détermine deux « **classes en soi** » ayant des **intérêts opposés** : la bourgeoisie et le prolétariat.
- Elles sont des « **classes pour soi** » si leurs membres connaissent leurs intérêts et les défendent.

La théorie de M. Weber →
- **Outils de classement**, les multiples classes sociales sont une des dimensions de la **stratification sociale**.
- Pluridimensionnelle, la position individuelle dépend aussi du groupe de **statut** (dimension sociale) et du **parti** (dimension politique).

La pertinence de l'approche en termes de classes sociales

31

☐ OK

La pertinence de l'approche en termes de classes sociales peut être questionnée à la lumière des mutations de la structure sociale et des modifications des appartenances ressenties par les individus.

I La question des inégalités

1 Les inégalités (ou distances) inter-classes

- Jusqu'au début des années 1980, la société française a connu une tendance à la réduction des inégalités économiques et sociales, à l'homogénéisation relative des pratiques sociales et à une montée en puissance des catégories moyennes ainsi qu'un déclin numérique des ouvriers. Ces réalités ont conduit certains sociologues à pronostiquer la fin des classes sociales et à parler de moyennisation de la société.

> **Mot clé**
>
> La **moyennisation** de la société est le processus de constitution d'une vaste classe moyenne qui s'accompagne d'une réduction des écarts de niveau de vie entre les positions extrêmes dans la stratification sociale et d'une homogénéisation relative des modes de vie.

- À partir du milieu des années 1980, le mouvement de réduction des inégalités cesse, voire se retourne, tandis que l'emploi non qualifié croît dans le secteur des services. Le maintien des inégalités et de la distance entre les classes sociales plaide en faveur de la pertinence d'une approche de la stratification sociale en termes marxistes.

2 Les inégalités (ou distances) intra-classes

- Dans le même temps, les inégalités et les différences de niveaux de vie et de conditions d'existence se creusent à l'intérieur des classes. Ainsi, dans les classes populaires et moyennes, les écarts s'accroissent entre ceux qui sont exposés au chômage et à la précarité et ceux qui y échappent, tandis qu'au sein des classes supérieures, les inégalités de revenus explosent. Selon l'Insee, en 2015, en moyenne, une personne seule appartenant au groupe des 1 % les plus riches perçoit 14 749 euros de revenu par mois avant redistribution contre 108 082 euros pour une personne seule appartenant au 0,01 % des plus riches.
- Au sein de chaque classe, des inégalités liées au genre persistent, notamment dans les domaines de l'emploi, des rémunérations et dans la répartition des tâches domestiques.

- L'accroissement de ces inégalités intra-classes peut brouiller la stratification sociale et remettre en cause la pertinence d'une approche centrée sur les classes sociales.

II La question des identifications subjectives

1 Un déclin de la conscience de classe

- Les enquêtes convergent pour montrer que de moins en moins d'individus s'identifient à une classe sociale et quand ils le font, déclarent majoritairement se sentir membre des classes moyennes.
- Ce déclin de la conscience de classe et du sentiment de partager une condition et des intérêts communs est particulièrement net dans les catégories populaires, qui ne formeraient plus une classe pour soi à la différence des membres des classes dominantes qui savent s'unir pour défendre leurs intérêts.

2 Une conséquence des processus d'individualisation

- Ce déclin du sentiment d'appartenir à une classe opposée à une autre est lié à l'accroissement des inégalités intra-classes (par exemple, selon l'âge ou la génération, le sexe, le type de contrat de travail) qui s'accompagne d'une individualisation des inégalités.
- Les inégalités sont de moins en moins interprétées comme résultant d'un destin collectif lié à l'organisation de la société ; elles sont davantage vécues comme une expérience individuelle, l'individu étant renvoyé à son mérite, ses échecs et sa responsabilité.

Mot clé

L'**individualisation** est un processus historique de long terme qui conduit à la reconnaissance de la singularité de l'individu, à son émancipation des institutions et groupes d'appartenance et à l'accroissement de ses possibilités de choix.

L'ESSENTIEL

Les classes sociales en question

- Maintien des inégalités inter-classes, mais **accentuation des inégalités intra-classes**
- **Déclin de la conscience de classe**, notamment dans les catégories populaires
- Multiplication des **facteurs d'individualisation** de l'expérience sociale

Le rôle de l'École dans les sociétés démocratiques

32

☐ OK

L'École transmet les savoirs qu'elle estime indispensables aux générations futures. L'École française est fondée sur un idéal républicain né de la Révolution française qui prône une éducation pour tous, formant des citoyens libres et éclairés.

I La transmission de savoirs

Les savoirs sont des connaissances et compétences partagées par un groupe social. Les savoirs scolaires sont ceux que l'École enseigne.

1 Instruction élémentaire et savoirs rationnels

- L'instruction élémentaire désigne la lecture, l'écriture et le calcul, que l'on enseignait déjà dans les écoles de l'Égypte antique, ainsi que la pratique de la gymnastique.
- Les savoirs rationnels sont produits de façon méthodique, selon une logique scientifique, et validés par l'expérience (ex. : SES, sciences physiques, SVT). Ils diffèrent de la foi religieuse ou des goûts alimentaires.

2 Les valeurs républicaines

En France, le Code de l'éducation dit que : « outre la transmission des connaissances, la Nation fixe comme mission première à l'École de faire partager aux élèves les valeurs de la République. » En plus de ces valeurs (la liberté, l'égalité, la fraternité) sont promus le principe de laïcité et le refus de toutes les discriminations.

3 Des savoirs utiles au développement économique

- En 1747 est fondée l'École nationale d'ingénieurs des Ponts et Chaussées.
- Victor Duruy, ministre de l'Instruction publique de 1863 à 1869, crée pour les ouvriers un enseignement post-scolaire et fonde l'École pratique des hautes études pour former à la recherche par la pratique et le travail de cas concrets.
- Des instituts universitaires de technologie (IUT) sont ouverts en 1966 afin de faire face aux besoins de management intermédiaire des entreprises.

Mini bio

En tant que ministre de l'Instruction publique, **Jules Ferry** fait voter entre 1881 et 1882 les lois scolaires qui rendent l'***École* gratuite, laïque et obligatoire** de 6 à 13 ans en France.

II Favoriser l'égalité des chances

1 Des chances de réussite scolaire inégales

- Par son caractère sélectif, l'École française privilégie les meilleurs élèves tout au long de leur scolarité, jouant ainsi un rôle majeur dans l'accès aux emplois qualifiés.
- Les sociétés démocratiques se caractérisent par leur souci de l'égalité des chances d'accès des individus aux différentes positions sociales, dans une logique méritocratique, donc en fonction des efforts et du travail de chacun. Cet objectif sera explicitement recherché par le gouvernement français à partir de la fin des années 1980.
- Les enquêtes PISA menées par l'OCDE mettent en lumière les inégalités de chances de réussite scolaire et rappellent régulièrement que la France est le pays de l'OCDE où l'appartenance sociale est la plus déterminante dans la réussite scolaire.

Mot clé

L'**égalité des chances** suppose que l'accès des individus aux différentes positions sociales ne résulte que de leurs mérites, et non d'avantages liés à leur origine sociale.

2 L'égalité des chances : l'objectif de l'École républicaine

De nombreuses réformes ont tenté de réduire les inégalités de réussite scolaire, parmi lesquelles : le collège unique en 1975 qui dispense un socle commun de connaissances à tous les élèves jusqu'à 16 ans en retardant l'orientation et la sélection des élèves, la carte scolaire visant à assurer une certaine mixité sociale ainsi que les politiques d'éducation prioritaire donnant plus de moyens aux établissements accueillant les élèves les plus en difficulté (REP).

L'ESSENTIEL

Le rôle de l'École dans les sociétés démocratiques

Transmettre les savoirs
- instruction élémentaire : lecture, écriture, calcul
- valeurs républicaines : liberté, égalité, fraternité
- savoirs techno-économiques

Favoriser l'égalité des chances
- socle commun de connaissances (collège unique)
- carte scolaire (répartition de l'offre éducative)
- politique d'éducation prioritaire (REP)

L'évolution de l'accès à l'École et à l'enseignement supérieur

33

☐ OK

Depuis les années 1950, l'allongement généralisé des études à toutes les catégories sociales a assuré une démocratisation quantitative de l'École – ou massification scolaire – qui peine encore à assurer une réelle démocratisation qualitative.

I Une indéniable massification

La démocratisation désigne un processus consistant à rendre une ressource accessible à tous. La massification scolaire, c'est-à-dire l'augmentation des taux de scolarisation et d'accès aux différents diplômes, représente ainsi une démocratisation de l'École.

1 La hausse du taux de scolarisation

- Le taux de scolarisation est le rapport entre le nombre d'élèves scolarisés d'un âge donné et le nombre d'individus de cet âge.
- En 1959, la loi prolonge l'obligation scolaire de 2 ans supplémentaires, jusqu'à 16 ans. Alors que 30 % des enfants de 16 ans étaient scolarisés en 1953, ils sont 96,1 % en 2020.
- L'urbanisation, le travail féminin et la bonne réputation des classes maternelles entraînent une forte demande parentale de scolarisation des enfants, relayée par les communes. Entre 1960 et 1990, le taux de scolarisation des enfants de 3 ans passe de 60 % à presque 100 %.
- 80 % des jeunes de 18 ans sont aujourd'hui scolarisés, contre 15 % dans les années 1950. À partir de 2020, pour lutter contre le « décrochage » scolaire, les jeunes de 16 ans sans formation et sans emploi ont l'obligation de se former jusqu'à l'âge de 18 ans.

2 La hausse des taux d'accès

- Entre 1968 et 2020, le taux d'accès au bac a été multiplié par 4 : la part des bacheliers dans une classe d'âge est passée de 20 % à près de 87 %. Cette progression s'explique notamment par la création des bacs technologiques (1968) et professionnels (1985). Les transformations économiques et la demande des familles populaires pour la prolongation de la formation de leurs enfants en ont été les principaux moteurs.

Mot clé

Le **taux d'accès** désigne la part des individus d'une génération qui accèdent à un diplôme ou un niveau d'étude donné.

Parallèlement, le taux d'accès à l'enseignement supérieur a augmenté. Cela s'explique par la diversification de l'offre de formation, surtout dans les filières technologiques ou longues. En 1960, l'enseignement supérieur comptait 215 000 inscrits, contre près de 3 millions en 2021.

II Une démocratisation inaboutie

1 Une réussite scolaire et des taux d'accès inégaux

En France, 25 % des élèves les plus défavorisés ont des difficultés pour maîtriser les savoirs élémentaires. En 2017, en CE2, 58,1 % d'entre eux avaient le niveau requis en français, contre 87,3 % du quart des élèves les plus favorisés. Au collège, 21 % d'entre eux avaient redoublé, contre 5,1 % pour les élèves les plus favorisés.

L'accès aux différents bacs témoigne également de cette inégalité. En 2018, 37,3 % des enfants d'ouvriers ont obtenu un bac général, contre 77,6 % des enfants de cadres supérieurs.

En 2019-2020, les enfants d'ouvriers représentent près de 24,1 % des élèves au collège, mais seulement 10,9 % des étudiants à l'université et 7,1 % des élèves des classes préparatoires aux grandes écoles.

2 Une massification plus qu'une réelle démocratisation

Des lois Jules Ferry à l'« École de la confiance » de l'actuel gouvernement, les principales réformes de l'École ont pour premier objectif sa démocratisation, c'est-à-dire le souci d'égaliser les chances d'accès des individus aux savoirs dispensés par l'Éducation nationale.

Mais les inégalités demeurent, se reportant des niveaux primaire et secondaire vers le supérieur. La démocratisation semble ainsi plus quantitative que qualitative ; on parle alors de massification scolaire.

L'ESSENTIEL

L'évolution de l'accès à l'enseignement

Massification
- hausse du taux de scolarisation
- hausse du taux d'accès au bac
- hausse du taux d'accès aux diplômes de l'enseignement supérieur

Persistance des inégalités scolaires
- résultats inégaux selon l'appartenance sociale
- taux d'accès inégaux aux filières prestigieuses
- massification plutôt que réelle démocratisation

Les facteurs d'inégalités de réussite scolaire

34

☐ OK

Malgré la gratuité de l'École, les inégalités persistent. Les sociologues l'expliquent par les différences de socialisation et les inégalités familiales, mais également par le fonctionnement de l'École elle-même.

I Les facteurs familiaux aux sources des inégalités de réussite scolaire

Les origines sociales ainsi que les stratégies familiales, différentes selon le milieu d'origine, sont déterminantes pour la réussite scolaire.

1 La socialisation familiale

- La socialisation selon le genre renforce les inégalités scolaires. La socialisation des garçons les incite à choisir les filières les plus valorisées. D'après Christian Baudelot et Roger Establet (*Allez les filles !*, 1992), les filles ont des résultats scolaires supérieurs à ceux des garçons mais délaissent pourtant les filières valorisées et les grandes écoles.
- La socialisation selon le milieu social renforce également les inégalités scolaires. Selon Pierre Bourdieu (1930-2002), le capital culturel hérité de la famille permet aux élèves favorisés de détenir des références culturelles et un langage proche de celui des enseignants, ce qui favorise leur réussite scolaire. Le sentiment d'être à leur place à l'école incite ces élèves à faire des études plus longues et prestigieuses.

Mots clés

- La **socialisation selon le genre** correspond à l'intégration de valeurs et de normes différentes entre les filles et les garçons.
- Le **capital culturel** est une notion de P. Bourdieu qui désigne les diplômes, les connaissances (langage, capacités intellectuelles, savoir, etc.) ainsi que la possession d'objets culturels (livres, etc.).

2 Les stratégies scolaires des familles

- Selon Raymond Boudon (1934-2013), les ménages ne sont pas totalement déterminés socialement, mais adoptent des stratégies scolaires d'ascension sociale fondées sur un calcul coûts-avantages. Les coûts sont associés au prix des études mais aussi à leur difficulté, alors que l'avantage consiste à obtenir un diplôme supérieur à celui des parents et donc à connaître une promotion sociale.

- Les ménages aisés, dont les enfants ont statistiquement les meilleures chances de réussite scolaire, encouragent davantage leurs enfants à poursuivre des études longues et coûteuses.
- Les choix de résidence varient en fonction des origines sociales et jouent un rôle important dans l'orientation et la réussite scolaire. Les familles des milieux favorisés adoptent des stratégies pour contourner la carte scolaire et scolariser leurs enfants dans les meilleurs établissements, accentuant ainsi la ségrégation spatiale et scolaire.

II Le rôle de l'École dans les inégalités scolaires

1 La valorisation de la culture dominante

Selon Bourdieu, les enseignants ont tendance à valoriser la culture des classes dominantes. Eux-mêmes sont souvent issus de ces classes et doivent leur réussite à la mobilisation de cette culture dans leurs études. Dès lors, ils évaluent les élèves selon leur maîtrise de cette culture, privilégiant ceux issus des classes dominantes. S'opérerait alors une « violence symbolique » sur les élèves, qui conduirait les moins « performants » à intérioriser le sentiment d'une infériorité sociale.

2 Le contexte scolaire

À l'échelle de chaque établissement (« effet établissement », c'est-à-dire l'efficacité propre à chaque établissement) et de chaque enseignant (« effet maître »), certaines pédagogies peuvent être plus favorables à la progression des élèves que d'autres et ont une efficacité différente selon les élèves. Certaines ambiances de classes (« effet classe ») peuvent être également plus propices à l'apprentissage. Pour chaque effet, les établissements des zones favorisées sont privilégiés en raison de classes plus calmes, de professeurs plus expérimentés, etc.

L'ESSENTIEL

Les facteurs d'inégalités de réussite scolaire

Le rôle de la famille et de la socialisation
- choix des filières déterminé par le genre
- héritage du capital culturel
- stratégies scolaires des familles (ségrégation)

Le rôle de l'École
- valorisation de la culture dominante
- « violence symbolique » selon P. Bourdieu
- « effet établissement »

Quiz EXPRESS

35

Avez-vous bien révisé les fiches 28 à 34 ? On vérifie !

Sociologie (1)

1 La structure socioprofessionnelle en France

▶ FICHE 29

1. La salarisation des emplois est...
- ☐ a. l'augmentation du niveau des salaires.
- ☐ b. l'augmentation de la part des salariés parmi les actifs.

2. La tertiarisation des emplois est...
- ☐ a. le développement des emplois de services.
- ☐ b. l'augmentation de la part des emplois qualifiés.
- ☐ c. l'augmentation de la part des femmes dans l'emploi.

2 L'approche en termes de classes sociales

▶ FICHE 31

En France, l'approche en termes de classes sociales...
- ☐ a. suffit à rendre compte de la stratification sociale.
- ☐ b. a été remis en cause par la moyennisation.
- ☐ c. a été brouillé par les inégalités intra-classes.

3 L'évolution de l'accès à l'enseignement

▶ FICHES 32 ET 33

1. La méritocratie consiste à répartir les individus selon...

☐ a. leur fortune. ☐ b. leurs efforts. ☐ c. leur âge.

2. Le taux de scolarisation est le rapport entre...
- ☐ a. le nombre d'élèves et la population totale.
- ☐ b. le nombre d'élèves d'un âge donné et la pop. de cet âge.

4 Les facteurs d'inégalités de réussite scolaire

▶ FICHE 34

La socialisation est source d'inégalités scolaires car...
- ☐ a. les filières choisies par les filles sont moins prestigieuses.
- ☐ b. certaines familles jouissent d'un capital culturel plus élevé.
- ☐ c. la stratégie scolaire repose sur un calcul coûts-avantages.

CORRIGÉS

1 La structure socioprofessionnelle en France

1. **Réponse b.**

La part que représente l'emploi salarié dans l'emploi total augmente au détriment de l'emploi indépendant qui ne disparaît pas pour autant.

2. **Réponse a.**

La tertiarisation est liée au recul des emplois dans l'agriculture et dans l'industrie. Elle s'est accompagnée d'une féminisation de l'emploi et d'une hausse du niveau de qualification.

2 L'approche en termes de classes sociales

Réponses b et c.

La moyennisation tend à réduire les inégalités et les distances entre les classes sociales, qui apparaissent ainsi de moins en moins comme des facteurs de différenciation. Mais ce processus a pris fin dans les années 1980. Parallèlement, les inégalités à l'intérieur des groupes sociaux, dites intra-classes (liées par exemple au genre ou à l'âge), se sont développées, ce qui complexifie la stratification sociale.

3 L'évolution de l'accès à l'enseignement

1. **Réponse b.**

Dans une société méritocratique, à l'école chaque élève réussit, théoriquement, en fonction de son travail et de ses efforts.

2. **Réponse b.**

À ne pas confondre avec le taux d'accès qui, lui, indique la part des individus d'une génération accédant à un diplôme ou un niveau d'étude donné.

4 Les facteurs d'inégalités de réussite scolaire

Réponses a et b.

En effet, pour R. Boudon, les stratégies familiales ne relèvent pas de la socialisation, mais d'un calcul coûts-avantages.

Sociologie (1)

1

Citez trois facteurs de structuration de l'espace social autres que la profession.

FICHE 28

2

Quels processus ont contribué à l'évolution de la structure socioprofessionnelle ?

FICHE 29

3

Pour K. Marx, qu'est-ce qu'une classe sociale en soi ?

FICHE 30

4

Pour M. Weber, en quoi la stratification sociale est-elle multidimensionnelle ?

FICHE 30

5

Quels sont les savoirs transmis par l'École ?

FICHE 32

6

En quoi consiste la démocratisation quantitative (massification) de l'École ?

FICHE 33

7

Qu'est-ce que la « démocratisation qualitative » ?

FICHE 33

8

Comment P. Bourdieu explique-t-il les inégalités de réussite scolaire ?

FICHE 34

RÉPONSES

Pour mieux ancrer les connaissances, découpez les cartes et jouez avec !

1

Facteurs de structuration de l'espace social, autres que la profession :
- position dans le cycle de vie ;
- genre ;
- lieu de résidence.

2

Les **mutations de la structure sociale** des emplois sont dues à l'augmentation de la **salarisation** des emplois, à leur **tertiarisation**, à l'augmentation de la **qualification** des emplois et à leur féminisation.

3

K. Marx distingue la bourgeoisie et le prolétariat, **deux classes sociales opposées**, dont chacune est composée d'individus ayant objectivement des conditions d'existence et des intérêts communs.

4

Pour **Weber**, la **position sociale** n'est pas seulement liée à la classe sociale (**dimension économique**), mais dépend du groupe de statut (**dimension sociale**) et de la participation au pouvoir politique (**dimension politique**).

5

L'École transmet des **savoirs** élémentaires (lecture, calcul etc.) et techno-économiques, ainsi que les **valeurs républicaines**.

6

La **massification** est effective lorsque les **taux de scolarisation** et l'**accès aux différents diplômes** augmentent.

7

La **démocratisation qualitative** correspond à une **chance de réussite égale pour tous les élèves** quels que soient l'origine sociale de l'élève, son niveau de vie, etc.

8

Selon **P. Bourdieu**, les affinités entre la **culture dominante** et la culture scolaire expliquent la meilleure réussite des enfants issus des milieux dominants.

Définitions et formes de la mobilité sociale

37

☐ OK

La mobilité sociale désigne le déplacement d'un individu au sein de la structure sociale. La possibilité d'une mobilité sociale est une caractéristique des sociétés démocratiques.

I Les diverses formes de mobilité

1 La mobilité sociale, une mobilité parmi d'autres

- La mobilité sociale désigne le changement de position sociale d'un individu, évaluée par la catégorie socioprofessionnelle ▶ FICHE 28.
- Par exemple, un ouvrier du bâtiment qui crée son entreprise artisanale connaît une situation de mobilité sociale et intègre la CSP artisan commerçant, chef d'entreprise.
- La mobilité d'un individu n'est pas toujours de nature sociale. Un individu qui change de profession ou de fonction sans que son statut social n'en soit affecté connaît une mobilité professionnelle.
- La mobilité est également géographique lorsqu'un individu change de lieu de travail ou de résidence. Celle-ci se développe, pour certaines catégories de salariés, avec l'ouverture internationale et l'intégration croissante des économies.

Mot clé

Le **statut social** désigne la position occupée dans un système social à laquelle sont associés un niveau et un mode de vie donnés, un prestige plus ou moins grand, des comportements et des aspirations attendus.

2 Mobilité intra- et intergénérationnelle

Les études de mobilité sociale portent sur les changements de position sociale d'un individu au cours de sa vie et concernent la mobilité intragénérationnelle. Mais elles reposent plus souvent sur la comparaison entre la position sociale d'un individu et celle de ses parents : on parle alors de mobilité sociale intergénérationnelle.

3 Mobilité ascendante et descendante, immobilité

- Une mobilité sociale est ascendante lorsque l'individu acquiert un statut social plus élevé. Elle est descendante lorsque le statut social est en régression : on parle aussi de déclassement social. Cette distinction renvoie à une hiérarchie de prestige des positions sociales variable selon les époques, les sociétés, les groupes sociaux.

L'immobilité sociale est l'absence de changement de position entre position d'origine et position acquise.

II Une caractéristique des sociétés contemporaines

1 Démocratie et méritocratie

Dans les sociétés traditionnelles, le statut social est donné à la naissance (il est hérité) et se présente comme un ordre naturel. Les sociétés d'ordres de l'Ancien Régime ou de castes comme en Inde fonctionnent selon ce principe.

Dans les sociétés démocratiques, les principes d'égalité et d'autonomie des individus les conduisent à construire leur situation professionnelle future sur la base de leurs choix, de leurs talents et de leurs efforts.

2 École et égalité des chances

L'École ▶ FICHES 32 À 34 joue alors un rôle central dans une société qui garantit la mobilité sociale en faisant reposer l'attribution des positions sociales sur le principe méritocratique et l'égalité des chances.

Les travaux de sociologie de l'École montrent cependant que le mérite scolaire est très inégalement réparti selon les groupes sociaux et que les meilleures positions scolaires restent en partie le produit d'un héritage familial.

> **Mot clé**
>
> Selon le **principe méritocratique**, les positions sociales sont attribuées selon les qualités personnelles et le travail de chacun.

L'ESSENTIEL

Les définitions et formes de la mobilité sociale

Diverses formes de mobilité
- mobilité sociale
- mobilité professionnelle
- mobilité géographique

Diverses formes de mobilité sociale
- mobilité intra- ou intergénérationnelle
- mobilité ascendante ou descendante

Caractéristique des sociétés démocratiques
- principe d'égalité et d'autonomie
- principe méritocratique

Les tables de mobilité : instrument de mesure de la mobilité sociale

38

☐ OK

Les tables de mobilité permettent d'appréhender les déplacements entre milieu social d'origine et position sociale. Ces outils présentent des limites.

I Les principes de construction

Les tables de mobilité croisent deux variables : la CSP de l'individu à un moment de son existence et la CSP de son père ou de sa mère. À partir de données en valeur absolue, on déduit deux tables en pourcentage.

1 La table des destinées

- La table des destinées répond à la question : « Que sont devenus les fils d'agriculteurs (d'ouvriers, de cadres...) ? » En 2017, sur 100 fils d'agriculteurs, 24,6 étaient devenus agriculteurs et 33,5 étaient ouvriers.
- La diagonale indique la part des immobiles pour chaque CSP d'origine. La colonne « Ensemble » donne la répartition socioprofessionnelle des enquêtés, quelle que soit la CSP de leur père : en 2017, 23,8 % des hommes de 30 à 59 ans appartiennent aux professions intermédiaires.

Selon la position d'origine	CSP du père						
CSP du fils	1	2	3	4	5	6	Ensemble
1. Agriculteurs exploitants	**24,6**	0,6	0,5	0,4	0,4	07	2,5
2. Artisans, commerçants, chefs d'entreprise	7,4	**19,3**	8,8	7,3	7,2	8,0	9,4
3. Cadres et professions intellectuelles supérieures	11,6	23,4	**49,3**	28,1	19,3	10,5	21,6
4. Professions intermédiaires	16,0	22,0	24,4	**32,2**	27,0	21,4	23,8
5. Employés	6,9	9,7	7,9	12,7	**17,9**	12,1	11,5
6. Ouvriers	33,5	25,1	9,2	19,2	28,2	**47,2**	31,4
Ensemble	**100,0**	**100,0**	**100,0**	**100,0**	**100,0**	**100,0**	**100,0**

Source : Site académie de Versailles, Insee, Hommes de 30 à 59 ans, 2017.

2 La table des recrutements

- La table des recrutements répond à la question : « D'où viennent les agriculteurs (les ouvriers, les cadres...) ? » 79,4 % des agriculteurs sont des fils d'agriculteurs et seulement 2,9 % sont des fils de cadres.

- La diagonale de la table indique le poids de l'auto-recrutement, c'est-à-dire la part au sein de chaque CSP de ceux qui en sont eux-mêmes issus. La ligne « Ensemble » indique la répartition des individus selon la CSP de leur père. Ainsi en 2017, sur 100 hommes de 30 à 59 ans, 38,3 sont fils d'ouvriers.

Selon la position occupée	CSP du père						
CSP du fils	1	2	3	4	5	6	Ensemble
1. Agriculteurs exploitants	**79,4**	3,1	2,9	2,6	1,7	10,3	**100,0**
2. Artisans, commerçants, chefs d'entreprise	6,3	**27,6**	13,5	12,1	7,9	32,7	**100,0**
3. Cadres et professions intellectuelles supérieures	4,3	14,6	**32,9**	20,3	9,2	18,7	**100,0**
4. Professions intermédiaires	5,3	12,5	14,8	**21,1**	11,7	34,6	**100,0**
5. Employés	4,8	11,4	9,9	17,3	**16,1**	40,6	**100,0**
6. Ouvriers	8,5	10,8	4,2	9,6	9,2	**57,8**	**100,0**
Ensemble	7,9	13,5	14,4	15,6	10,3	38,3	**100,0**

Source : Site académie de Versailles, Insee, Hommes de 30 à 59 ans, 2017.

II Intérêts et limites des tables de mobilité

- Les tables de mobilité permettent de mesurer la mobilité sociale intergénérationnelle. Elles permettent d'évaluer la fluidité sociale, par le calcul des odds ratio qui indiquent le lien entre la position sociale occupée et la position d'origine et ainsi le degré d'égalité des chances. Un odds ratio qui diminue indique une fluidité sociale qui augmente.
- Cependant, les tables de mobilité présentent des limites : le degré de mobilité ou d'immobilité est fortement lié au niveau de détail des CSP utilisées, car plus les catégories utilisées sont nombreuses, plus les déplacements entre catégories apparaissent mécaniquement importants ; on compare dans le temps des professions dont la représentation a pu changer ; les tables de mobilité ignorent souvent les mères majoritairement inactives dans les générations passées.

L'ESSENTIEL

La table des destinées → Elle montre **ce que deviennent les individus** d'une même origine sociale (diagonale = poids de l'immobilité sociale)

La table des recrutements → Elle montre **d'où viennent les individus** d'une même CSP (diagonale = poids de l'autorecrutement)

L'exploitation des tables de mobilité

39

☐ OK

Si au sein de certaines catégories sociales l'immobilité intergénérationnelle est forte, celle-ci diminue au profit d'une mobilité sociale ascendante et descendante et d'une plus grande fluidité sociale.

I Les tendances de la mobilité sociale actuelle

1 Le poids de l'immobilité sociale

- La part des individus immobiles est de l'ordre d'un tiers (36,6 % chez les hommes de 30 à 59 ans en 2017), avec des écarts importants en fonction des CSP. Cela reflète une forte reproduction sociale.

> **Mot clé**
> La **reproduction sociale** désigne la tendance qu'a la structure sociale à se perpétuer.

- Ce sont les enfants d'ouvriers et de cadres qui connaissent l'immobilité la plus forte puisque respectivement 47,2 % des premiers et 49,3 % des seconds occupent la même CSP que leur père en 2017. Les agriculteurs sont marqués par un fort auto-recrutement puisque près de 80 % d'entre eux sont eux-mêmes enfants d'agriculteurs. C'est vrai aussi pour près de 60 % des ouvriers.

2 La mobilité ascendante et descendante

- Les ouvriers et employés connaissent mécaniquement une mobilité ascendante plus forte, étant situés en bas de l'échelle sociale. Ainsi 21,4 % des fils d'ouvriers ont intégré les professions intermédiaires en 2017 et 10,5 % sont devenus cadres. À l'inverse, les cadres et professions intellectuelles supérieures connaissent une mobilité descendante mécaniquement plus forte : sur 100 fils de cadres, 24,4 sont professions intermédiaires, 7,9 sont employés et 9,2 sont ouvriers.
- La CSP professions intermédiaires est celle qui permet le plus de mobilité (ascendante et descendante).
- Ascendants ou descendants, les trajets de mobilité s'effectuent majoritairement au sein de CSP proches.

3 La mobilité sociale des femmes

- En 2015, 70,5 % des femmes de 35 à 59 ans occupent une CSP différente de celle de leur mère et 29,5 % occupent la même CSP. La mobilité des femmes est supérieure à celle des hommes (+5,3 points).

- Les femmes, comparées à leur mère, connaissent une mobilité ascendante supérieure à celle des hommes, comparés à leur père. En revanche, comparées à leur père, leur mobilité ascendante est plus faible de près de 6 points à celle des hommes.

II Les évolutions de la mobilité sociale

- La mobilité sociale s'est accrue entre 1977 et 1993, particulièrement chez les femmes comparées à leur mère (+10 points). Depuis 1993, elle diminue pour les hommes (–2,2 points) et reste stable chez les femmes.

- La mobilité verticale augmente sur l'ensemble de la période (+12 points chez les hommes, +29 points chez les femmes). Chez les femmes, c'est la mobilité ascendante qui augmente le plus tandis que chez les hommes c'est la mobilité descendante, caractéristique d'un phénomène de déclassement social.

- La fluidité sociale s'est globalement accrue depuis 1977 : la probabilité de devenir cadre plutôt qu'ouvrier était, en 1977, 91,7 fois supérieure chez les fils de cadres que chez les fils d'ouvriers, et en 2003, 28,8 fois supérieure.

Mot clé

Outre la mobilité sociale descendante, le **déclassement social** désigne aussi une mobilité professionnelle descendante et l'occupation d'une position socioprofessionnelle inférieure à ce que le niveau de formation permet d'atteindre.

- Cet affaiblissement de l'effet de l'origine sur la position sociale s'est traduit en même temps par une hausse de la mobilité sociale ascendante et des déclassements plus nombreux.

L'ESSENTIEL

Ce que montrent les tables de mobilité

- Poids de l'**immobilité sociale**, reflet d'une forte **reproduction sociale** au sein de certaines CSP (ouvriers, cadres)
- **Augmentation de la mobilité** ascendante (ouvriers et employés) et descendante (cadres et prof. intellectuelles sup.)
- **Fluidité sociale** en hausse entre 1977 et 2003
- **Mobilité des femmes** supérieure à celle des hommes et davantage ascendante

Les déterminants de la mobilité sociale

40

☐ OK

Les mutations de la structure socioprofessionnelle et du système de formation jouent un rôle essentiel dans la mobilité sociale. La famille exerce également une action déterminante.

I La structure socioprofessionnelle et les niveaux de formation

1 La mobilité structurelle

- La comparaison entre la répartition socioprofessionnelle des individus et celle de leur père permet d'observer les CSP en déclin et les CSP en expansion entre les deux générations. Ainsi 7,9 % des enquêtés sont fils d'agriculteurs en 2017, mais seulement 2,5 % sont agriculteurs eux-mêmes.
- Cette comparaison reflète une transformation de la structure socioprofessionnelle française, marquée par la baisse séculaire du poids du secteur de l'agriculture, une désindustrialisation depuis les années 1970 et un triple processus de salarisation, de tertiarisation et de féminisation de l'emploi ▶ FICHE 29.
- Les CSP en déclin (agriculteurs, ouvriers, artisans-commerçants-chefs d'entreprise) ont généré une mobilité structurelle vers les CSP en expansion (cadres, professions intermédiaires), celle-ci expliquant l'essentiel de la mobilité et de son augmentation ces dernières décennies.

> **Mot clé**
> La **mobilité structurelle** désigne les déplacements intergénérationnels, ascendants ou non, liés aux transformations de la structure socioprofessionnelle.

2 L'élévation du niveau de diplôme et de formation

- L'accès à un niveau de formation plus élevé est une condition essentielle d'une mobilité sociale ascendante ▶ FICHE 33.
- L'élévation du niveau de formation accompagne les transformations de la structure socioprofessionnelle et permet une mobilité sociale ascendante pour des enfants de catégories populaires et moyennes. Mais un niveau de formation qui s'élève plus vite que la structure des emplois génère une moindre rentabilité des diplômes.

II Le rôle de la famille et de ses transformations

1 Ressources familiales et reproduction sociale

- La famille au travers de son rôle de **socialisation** crée des aspirations, différentes selon le milieu social, qui influencent la trajectoire sociale des individus, au travers des choix d'études notamment.

- La famille met également en œuvre des stratégies qui influencent les choix d'études et les positions sociales futures. Selon le sociologue Raymond Boudon, ces **stratégies scolaires rationnelles** sont le fruit de décisions qui reposent sur un calcul coût/avantages encourageant l'inégalité des chances, les familles des catégories supérieures anticipant plus d'avantages aux choix de poursuite d'études que les familles de catégories inférieures.

- Le sociologue Pierre Bourdieu a montré que la reproduction sociale était liée, selon les groupes sociaux, à la possession différente en quantité et en qualité de **capitaux économiques, culturels** ▶ FICHE 34 et **sociaux** qui ont une rentabilité scolaire plus ou moins forte. Le capital social joue un rôle majeur pour l'accession à certains types d'études ou d'emplois qui nécessitent la constitution d'un réseau.

2 Le rôle des configurations familiales

- La configuration familiale a des effets sur la socialisation des individus, sur leurs aspirations et leurs projets, leurs choix d'études et donc sur leurs **trajectoires futures**.

- Les transformations de l'**institution familiale**, marquée par le développement des familles monoparentales et recomposées, ont des effets sur les destins individuels.

Mot clé

La **configuration familiale** désigne la composition et les modes de constitution de la famille, le nombre et l'âge des frères et sœurs, la position dans la fratrie, la place des grands-parents...

L'ESSENTIEL

Les déterminants de la mobilité sociale :

- **Origine structurelle**, liée à l'évolution de la structure socioprofessionnelle
- Élévation du **niveau de formation** :
  - favorise une mobilité ascendante
  - génère une forme de déclassement
- Rôle important de la **famille** et de ses configurations (ressources économiques, culturelles, sociales)

Les frontières de l'activité professionnelle

41

☐ OK

Les frontières entre emploi, inactivité et chômage sont moins marquées depuis vingt ans en raison du développement de formes atypiques d'emploi qui modifient la qualité de l'emploi.

I Des frontières plus floues entre emploi, chômage et inactivité

1 Une diversité de situations possibles face à l'emploi

- La population active comprend toutes les personnes qui déclarent exercer un emploi ou qui sont sans emploi mais en recherchent un. Elle est donc composée de la « population active occupée » (personnes ayant un emploi) et de la population au chômage (en recherche d'emploi). Il existe différentes définitions du chômage, selon l'organisme international (Bureau international du travail, BIT) ou national (Pôle Emploi) ▶ FICHE 13.

Mot clé

Un **emploi** (de statut salarié ou non salarié) correspond à un poste occupé pour exercer une activité professionnelle rémunérée en contrepartie du travail fourni (au sens de facteur de production).

- La population inactive comprend toutes les personnes qui ne peuvent pas légalement travailler et celles qui renoncent provisoirement à un travail rémunéré.

2 Un brouillage des frontières

- Les frontières entre emploi, inactivité et chômage sont moins marquées depuis vingt ans, en raison de l'augmentation des situations intermédiaires.

- Parmi ces formes d'emploi atypiques (la norme étant le contrat à durée indéterminée à temps plein) figurent notamment les personnes occupant un emploi à temps partiel (volontairement ou non) ou un emploi précaire (saisonnier, intérimaire, en contrat à durée déterminée).

- Certaines populations se trouvent à la croisée de l'emploi, de l'inactivité et du chômage (« halo du chômage ») contribuant ainsi à la difficulté de mesurer précisément le chômage. Des travailleurs potentiels sont catégorisés en inactifs car en formation, ou découragés par les recherches, voire radiés des statistiques, ou encore travaillant de manière non déclarée.

II La mesure de la qualité de l'emploi

1 Une thématique récente

- Au cours des dernières décennies, avec l'augmentation des formes atypiques d'emploi, la thématique de la **qualité de l'emploi** a été notamment développée par les organisations internationales (Bureau international du travail, Commission européenne et OCDE) et nationales (DARES).

- Les études réalisées montrent que la **mesure de la qualité** de l'emploi importe autant que celle de sa quantité. La crise financière de 2008 ▶ FICHE 17 a ainsi lourdement pesé sur le nombre d'emplois disponibles, mais aussi sur leur qualité.

2 Une notion multidimensionnelle

- La qualité de l'emploi se mesure grâce à des indicateurs répartis en **plusieurs dimensions** qui décrivent la qualité de l'emploi du point de vue du travailleur (et non celui de l'employeur). Si la **rémunération** (salaires, primes…) est un facteur essentiel, d'autres éléments liés à la qualité de vie et au bien-être individuel sont pris en compte.

- Le type de contrat de travail (permanent, temporaire) et l'aménagement du temps de travail (temps partiel, volontaire ou subi) permettent d'évaluer la **sécurité économique** ainsi que l'équilibre entre vie professionnelle et vie privée.

- Les **conditions de travail** (horaires, charge de travail, pénibilité, environnement) et la variété des tâches effectuées tiennent une place importante, ainsi que l'accès à la formation (possibilité d'acquérir de nouvelles qualifications).

> **Mot clé**
>
> Le **contrat de travail** est un contrat de type privé signé entre l'employeur et le salarié (qui s'engage à travailler contre une rémunération).
> Le contrat confère à chacun des droits et obligations à respecter.

L'ESSENTIEL

Champ : France métropolitaine, personnes de 15 à 64 ans.

L'évolution des modèles d'organisation du travail

42

☐ OK

Les modes de coopération des travailleurs au sein d'une organisation productive ont d'abord été marqués par une forte division technique du travail qui a fait l'objet de critiques au milieu du XXe siècle entraînant la mise en place de nouvelles formes d'organisation plus souples.

I Le modèle d'organisation taylorien

À savoir

L'ingénieur américain **Frederick Winslow Taylor** (1856-1915) met au point au tournant du XXe siècle une méthode de travail qu'il qualifie d'« **organisation scientifique du travail** » fondée sur une rationalisation et une optimisation des opérations de production.

1 Une division du travail horizontale et verticale

- La division du travail horizontale est fondée sur une organisation par postes de travail. Elle se traduit par une spécialisation des travailleurs qui doivent réaliser des tâches répétitives en un minimum de temps.
- Le principe de la division du travail verticale consiste à séparer la conception de l'exécution du travail : les ingénieurs dans les « bureaux des méthodes » sont les seuls capables de réaliser l'analyse scientifique des tâches, des gestes et des temps de travail et conçoivent la méthode de production la plus efficace (« the one best way »), notamment en observant la façon de faire des meilleurs ouvriers.

Mot clé

La **division du travail** est la décomposition de la production en de nombreuses opérations ou tâches élémentaires, limitées et complémentaires, permettant d'augmenter l'efficacité du travail.

2 Une relation hiérarchique stricte

- La parcellisation des tâches accroît le caractère substituable des exécutants, soumis à une surveillance stricte des contremaîtres.
- Les méthodes de production s'imposent en effet aux ouvriers, qui sont contrôlés et chronométrés pour les amener à rester concentrés sur leurs tâches d'exécution et éviter toute « flânerie ». Les salariés sont par ailleurs encouragés par une rémunération au rendement.

II Le modèle d'organisation post-taylorien

Le modèle taylorien a permis d'importants gains de productivité et favorisé l'emploi massif de main-d'œuvre peu qualifiée. Dans la seconde moitié du XXe siècle, il fait néanmoins l'objet de contestations qui entraînent la mise en place de nouveaux modèles dits « post-tayloriens » relâchant la contrainte productiviste du taylorisme.

1 Une flexibilité et une polyvalence accrues

Pour rompre la monotonie des tâches, une rotation du personnel d'exécution sur les différents postes de travail est aménagée.

2 Une recomposition des tâches

Les ouvriers se voient confier le soin d'effectuer des tâches plus diverses et pointues (entretien et contrôle des machines par exemple, vérification de la qualité), restituant ainsi de l'intérêt au travail lui-même. Cet enrichissement des tâches et des responsabilités contribue à rendre à l'ouvrier un plus grand contrôle sur le processus de production.

3 Un management participatif

- Les modes de management ont également évolué avec le renforcement de l'autonomie des employés qui permet aux travailleurs d'organiser et de répartir eux-mêmes le travail au sein d'une équipe. L'objectif est de diminuer la division verticale du travail (moins de hiérarchie). La productivité du travail est désormais davantage collective.
- Ce management participatif s'illustre par exemple par la mise en place de cercles de qualité pour résoudre des problèmes de production et la mise en avant de démarches de communication et de concertation au sein de l'entreprise.

L'ESSENTIEL

L'évolution des modèles d'organisation du travail

Taylorisme	Post-taylorisme
division horizontale du travail (spécialisation) division verticale du travail (« one best way ») relation hiérarchique stricte	flexibilité et polyvalence enrichissement des tâches et responsabilisation management participatif

Les conséquences des nouveaux modes d'organisation du travail

43

☐ OK

L'évolution des modèles d'organisation, en particulier avec l'essor du numérique, a des effets contrastés à la fois sur les conditions de travail et le rapport au travail dans la société.

I Les conséquences sur les conditions de travail

1 Des améliorations des conditions de travail

- La mise en place de nouveaux modes de travail post-tayloriens ▶ FICHE 42 libère les salariés des contraintes imposées par le taylorisme et le fordisme, critiqués pour leurs conséquences néfastes (augmentation des maladies professionnelles, désengagement des travailleurs...).
- La baisse de la pénibilité (suppression des tâches les plus répétitives et dangereuses) et l'enrichissement du travail (davantage d'autonomie, de motivation et d'intégration des salariés) améliorent les conditions de travail et le bien-être des salariés.

Mot clé

Les **conditions de travail** renvoient aux caractéristiques liées au poste et à l'environnement de travail : horaires et organisation des tâches, pénibilité et prévention des risques, contraintes psycho-sociales...

2 Des effets positifs à nuancer

- La polyvalence et l'autonomie dans le travail peuvent cependant rendre le travail plus intense. Le salarié subit une tension permanente et une charge mentale (plus que physique) pour produire, contrôler à la fois la qualité du produit et surveiller la machine.
- Le travail de l'employé reste contraint par la machine, la demande des clients ou le contrôle hiérarchique, et plus récemment le développement de techniques numériques de contrôle de l'activité du salarié.
- De plus, le taylorisme demeure dans l'industrie (agroalimentaire, textile). Ses principes se sont même étendus au secteur tertiaire (restauration, centres d'appels...).

II L'impact du numérique sur le travail et l'emploi

En constante progression depuis les années 1990, l'usage des outils numériques se généralise et s'accompagne de modifications notables des conditions de travail.

1 L'essor du numérique brouille les frontières du travail

L'affranchissement des frontières spatiales et temporelles bouleverse l'activité professionnelle avec un **décloisonnement de l'espace-temps** entre travail/hors travail (accélération des échanges, connexion permanente, voire dépendance vis-à-vis des outils numériques).

2 Les conséquences sur les relations d'emploi

- L'usage de ces outils numériques pour un travail mobile ou à distance favoriserait l'exposition à plusieurs **risques psychosociaux** dus à une charge de travail et une charge mentale importantes, ainsi qu'à des situations de débordement sur la sphère privée (travail dans l'urgence, culture de la réactivité, surcharge informationnelle).
- Les outils numériques permettent en outre d'assurer un **contrôle** et une **traçabilité** forte de l'activité professionnelle.
- Ces conditions de travail exigeantes sont contrebalancées par une **plus grande autonomie** et récompensées par un sentiment de reconnaissance professionnelle.

3 Le risque de polarisation de la qualité des emplois

- Ces évolutions avec notamment le développement d'entreprises de l'économie numérique, se traduisent par une polarisation de la qualité des emplois. Des emplois très qualifiés (ingénieurs, développeurs…) côtoient des emplois de « gig economy » qui rassemblent tous les petits travaux précaires issus notamment de « l'ubérisation » (mise en relation d'entreprises, de travailleurs indépendants et de clients via une plateforme numérique).

Mot clé

La **polarisation de la qualité des emplois** désigne la déformation de la structure de l'emploi où la part des emplois situés aux deux extrémités de l'échelle des qualifications augmente tandis que celle des emplois intermédiaires baisse.

L'ESSENTIEL

Les conséquences des nouveaux modes d'organisation du travail

Conséquences positives
- autonomie
- baisse de la pénibilité
- motivation et intégration dans l'entreprise accrues

Conséquences négatives
- intensification du travail
- tension permanente

Le rôle du travail et de l'emploi dans l'intégration sociale

44

☐ OK

Le travail représente un puissant facteur d'intégration sociale, mais ce rôle s'affaiblit. Les évolutions récentes du marché du travail accentuent les facteurs de précarité.

I Le travail, facteur d'intégration sociale

1 Une reconnaissance sociale

- Le travail exercé est un indicateur du milieu social auquel appartient l'individu (par le biais des catégories socioprofessionnelles) et procure à l'individu un sentiment d'utilité sociale.
- Le travail est aussi source de socialisation (par l'intériorisation de normes et de valeurs propres au milieu professionnel) et source de sociabilité (en permettant de nouer de nombreuses relations sociales). Le travail offre une vie ritualisée et rythmée par les obligations professionnelles.

> **Mot clé**
>
> La **sociabilité** désigne l'ensemble des relations sociales choisies et réciproques que les individus souhaitent entretenir (discussions, sorties...).

2 Une source de revenus

- Le travail est également porteur d'intégration économique dans la mesure où il permet de bénéficier d'un revenu (un salaire pour le salarié, un revenu mixte pour un travailleur indépendant).
- Grâce à ce revenu, le travailleur peut satisfaire l'ensemble de ses besoins et intégrer la société de consommation. La division du travail et la spécialisation des activités et des travailleurs rendent l'acte de consommer nécessaire. De plus, adhérer aux normes collectives de consommation permet de s'identifier à ses semblables.

3 Une protection sociale

- Le travail, dans les pays développés, permet également de bénéficier d'une couverture sociale qui assure au travailleur, ainsi qu'à sa famille, une relative sécurité face à certains risques sociaux (chômage, maladie, accident, vieillesse). Cette couverture se caractérise par la distribution de revenus sociaux (pensions de retraite, allocation-chômage, remboursement de dépenses de santé), financés par un prélèvement sur les revenus d'activité qui alimente le budget de l'État ou des organismes de la Sécurité sociale ▶ FICHE 14.

II Les effets de l'évolution de l'emploi

1 Le chômage affaiblit les liens sociaux

- Le **chômage** persistant ainsi que l'alternance de périodes d'emploi et de chômage entraînent une perte de revenu, malgré les mécanismes d'indemnisation.
- La perte d'emploi génère une perte de repères et des rythmes de travail, une rupture de sociabilité, ce qui peut être **source d'isolement**, d'affaiblissement des liens sociaux et de remise en cause du statut social (perte de dignité au travail et d'utilité sociale, risque de stigmatisation).

2 La précarisation des emplois fragilise l'intégration sociale

- Le besoin de flexibilité du marché du travail a fait évoluer les normes du salariat, développant des formes particulières d'emploi ▶ FICHE 41. Le travail ne fournit plus à l'individu les garanties de revenu, d'accès à la consommation, au logement et au crédit. Il existe ainsi de plus en plus de **travailleurs pauvres** dont les revenus irréguliers et/ou insuffisants ne permettent pas de vivre décemment ou de faire des projets.
- Les **contrats précaires** plus instables compliquent également l'intégration dans des collectifs de travail (travail en équipe, syndicats).
- La **polarisation de la qualité des emplois** ▶ FICHE 43 aggrave les inégalités entre emplois très qualifiés et peu qualifiés, que ce soit en termes de salaires ou d'exposition aux difficultés économiques que peut connaître l'entreprise.
- Globalement, la rupture de liens relationnels et professionnels peut conduire à l'**exclusion sociale**.

L'ESSENTIEL

Les risques d'exclusion liés à l'absence d'emploi

Chômage persistant
- stigmatisation
- perte de revenu
- affaiblissement des liens sociaux

Précarisation des emplois
- travailleurs pauvres
- polarisation de la qualité des emplois
- aggravation des inégalités

Quiz EXPRESS

45

Avez-vous bien révisé les fiches 37 à 44 ? On vérifie !

Sociologie (2)

1 Les tables de mobilité

▶ FICHES 37 ET 38

1. Quelle part des hommes de 30-59 ans l'immobilité affecte-t-elle ?

☐ a. 1/3 ☐ b. 50 % ☐ c. 2/3

2. Parmi les affirmations suivantes, lesquelles sont vraies ?

☐ a. La mobilité sociale s'accroît et l'immobilité décroît.

☐ b. Les mobilités ascendante et descendante augmentent.

☐ c. La fluidité sociale décroît.

2 Les déterminants de la mobilité sociale

▶ FICHE 40

Pour Bourdieu, la famille influence la mobilité sociale par…

☐ a. des stratégies scolaires, sources d'inégalité des chances.

☐ b. la transmission de capitaux économiques, culturels et sociaux.

☐ c. les choix qu'elle dicte aux enfants.

3 Les frontières de l'activité professionnelle

▶ FICHE 41

1. Une forme atypique d'emploi est par exemple…

☐ a. un CDD. ☐ b. un contrat d'intérim.

☐ c. un CDI à temps plein.

2. Les chômeurs font partie de la population active.

☐ a. Vrai ☐ b. Faux

4 Les modes d'organisation du travail

▶ FICHE 42

Le principe de la division verticale du travail est de…

☐ a. spécialiser les ouvriers en tâches répétitives.

☐ b. séparer la conception de l'exécution des tâches.

☐ c. rémunérer les employés selon leur qualification.

CORRIGÉS

1 Les tables de mobilité

1. Réponse a.

Ce poids des immobiles cache des disparités selon les CSP puisque près de la moitié des fils d'ouvriers sont ouvriers eux-mêmes en 2017.

2. Réponses a et b.

La mobilité s'accroît, qu'elle soit ascendante ou descendante.

2 Les déterminants de la mobilité sociale

Réponse b.

Les capitaux transmis par la famille jouent le rôle d'investissements qui vont avoir une rentabilité scolaire plus ou moins grande.

3 Les frontières de l'activité professionnelle

1. Réponses a et b.

Les formes atypiques d'emploi comprennent toutes les formes d'emploi qui dérogent au statut typique de CDI à temps plein.

2. Réponse a.

La population active inclut la population sans emploi à la recherche d'un emploi, c'est-à-dire les chômeurs qui sont donc des actifs.

4 Les modes d'organisation du travail

Réponse b.

La division verticale du travail consiste à effectuer une division entre les concepteurs du travail (ingénieurs ou « cols blancs ») et les exécutants (ouvriers ou « cols-bleus »).

À noter

Le **numérique** désigne l'ensemble des terminaux (ordinateurs, téléphones…), logiciels et applications, ainsi que la mise en réseau des données (Internet…). L'usage de ces outils numériques, en permettant au salarié d'effectuer du **télétravail**, contribue à brouiller les frontières entre travail et hors-travail.

Sociologie (2)

1

Qu'est-ce que la mobilité sociale intergénérationnelle ?

▶ FICHE 37

2

Qu'est-ce qu'une table de mobilité ?

▶ FICHE 38

3

Distinguez mobilité et fluidité.

▶ FICHE 38

4

La mobilité sociale des femmes est-elle identique à celle des hommes ?

▶ FICHE 39

5

Distinguez travail et emploi.

▶ FICHE 41

6

Quelles sont les caractéristiques des formes atypiques d'emploi ?

▶ FICHE 41

7

Qu'est-ce que la division horizontale du travail ?

▶ FICHE 42

8

En quoi le travail est-il facteur d'intégration sociale ?

▶ FICHE 44

RÉPONSES

Pour mieux ancrer les connaissances, découpez les cartes et jouez avec !

1

La **mobilité sociale intergénérationnelle** désigne les déplacements entre les positions sociales des enfants et celles de leurs parents.

2

Une **table de mobilité** est un tableau qui répartit une population selon **deux variables** : la CSP de ses membres et celle de leurs ascendants (pères le plus souvent).

3

La **mobilité** désigne les déplacements sociaux effectifs tandis que la **fluidité** indique le degré d'égalité d'accès aux différentes positions sociales.

4

La **mobilité sociale des femmes** est plus forte que celle des hommes. Elle est en moyenne marquée par une **mobilité ascendante** plus importante.

5

Le **travail** renvoie à une activité de production de biens ou de services rémunérée. Un **emploi** correspond à un poste occupé dans une organisation pour exercer une activité professionnelle rémunérée.

6

Les **formes atypiques d'emploi** dérogent au modèle classique (CDI à temps complet, pour un même employeur) : CDD, à temps partiel ou partagé, ou encore contrats d'intermittent ou d'intérim.

7

La **division horizontale du travail** est une division du travail qui consiste à **parcelliser** des tâches en décomposant un travail complexe en une série de tâches simples.

8

Le **travail** est un puissant **facteur d'intégration sociale**, à la fois dans une dimension économique (**revenus**), sociale (**relations humaines**) et symbolique (**sentiment de fierté et d'utilité**).

Les formes de l'engagement politique

47

☐ OK

S'engager politiquement est essentiel au fonctionnement de nos démocraties. Cet engagement prend une pluralité de formes, impliquant plus ou moins durablement les individus qui souhaitent peser sur les choix de société.

I Qu'est-ce que l'engagement politique ?

- L'engagement politique est une **participation individuelle et collective** à une activité politique au sens large. Il comprend un ensemble d'actions qui visent à influencer de manière directe ou indirecte les décisions politiques et les règles de fonctionnement de la société.
- L'engagement politique s'appuie sur des valeurs et se traduit par des **actes** dont la temporalité et le degré d'implication individuelle sont variables : voter est une forme d'engagement limité ; militer au sein d'une organisation politique, d'un syndicat ou d'une association engage bien davantage au regard du temps mobilisé (pour débattre, organiser des actions…).

> **Mot clé**
>
> Une **valeur** est un principe, un idéal, qui oriente les actions et les comportements des individus au sein d'un groupe social ou d'une société.

- L'économiste américain Albert Hirschman (1915-2012) a distingué trois types de réaction d'un citoyen ou consommateur mécontent : le choix de la défection (*exit*), celui de la soumission (*loyalty*) ou celui de la **prise de parole** (*voice*). L'engagement relève de ce dernier choix.

II Les diverses formes de l'engagement politique

1 La notion de répertoire d'actions politiques

- Un **répertoire d'actions politiques** représente les différents moyens d'action dont disposent les individus afin d'exprimer des idées, des revendications, individuellement ou collectivement.
- Le sociologue Charles Tilly (1929-2008) distingue le **répertoire d'actions ancien** qui a pour modèle les révoltes paysannes des XVIIe et XVIIIe siècles (mouvements localisés et peu organisés) du **répertoire moderne** qui émerge au XIXe siècle avec le mouvement ouvrier et apporte de nouveaux moyens d'action, comme la grève, avec des enjeux politiques plus larges, portés par des organisations (syndicats, partis).

2 Catégoriser les formes de l'engagement

- On caractérise **différents registres** d'engagement politique, utilisés différemment selon les époques, les contextes, les groupes sociaux concernés : les pratiques liées aux élections ; le militantisme (partisan, syndical, associatif) et les pratiques militantes (assister à des réunions, coller des affiches, distribuer des tracts...) ; les actions de protestation (pétition, manifestation, grève, occupation, blocage...).

- On distingue traditionnellement les **formes conventionnelles** de la participation politique et les **formes non conventionnelles** : les premières sont liées au processus électoral ▶ PROGRAMME DE 1re, les secondes prennent la forme d'actions protestataires contestant les pouvoirs en place et leurs décisions : participer à des manifestations, des grèves, des pétitions, des occupations de locaux, voire à des activités illégales ou violentes. Cette distinction est aujourd'hui moins pertinente avec l'affaiblissement des formes traditionnelles de l'engagement.

> **À savoir**
> Les **formes conventionnelles d'engagement** s'appuient de plus en plus sur la capacité d'Internet à mobiliser et à donner de la visibilité aux actions.

- La **consommation engagée** exprime une contestation sociale par des choix de consommation, en privilégiant ou boycottant certains produits, en participant à des actions anti-publicité, en encourageant l'agriculture biologique ou les circuits courts (AMAP) et en s'appuyant notamment sur les associations de consommateurs.

L'ESSENTIEL

L'engagement

→ **Diverses formes d'engagement**
- répertoire d'actions politiques :
  - ancien (soulèvements paysans du Moyen Âge)
  - moderne (depuis le mouvement ouvrier au XIXe s.)

→ **Différents registres d'action collective**
- formes conventionnelles (élections et vote)
- formes non conventionnelles (pétitions, manifestations, consommation engagée, etc.)

Les déterminants de l'engagement politique

48

☐ OK

S'engager repose sur des motivations individuelles et un contexte particulier, mais aussi sur des déterminants sociodémographiques qui favorisent ou non la probabilité de participer politiquement.

I | Pourquoi s'engager ?

1 L'individu rationnel n'a pas intérêt à s'engager...

- Mancur Olson (1932-1998) indique que l'individu considéré comme doté d'une rationalité parfaite, effectue un calcul coût-avantage qui l'incite à ne pas s'engager dans une action collective et à se comporter en passager clandestin. Il peut en effet bénéficier des gains d'une action collective sans avoir à s'y engager personnellement et à en supporter les coûts.
- Mais si tous les individus agissent de la sorte, l'action collective n'a pas lieu et il n'y a alors aucun espoir de gain. Pourtant, les actions collectives existent bien et des individus les mettent en œuvre : c'est le paradoxe de l'action collective.

2 ... mais il peut être incité à s'engager

- Selon Olson si les individus s'engagent rationnellement dans des actions collectives, c'est parce que des incitations sélectives les encouragent à le faire, en réservant aux participants de l'action collective les avantages obtenus.
- Les individus sont aussi guidés par des rétributions symboliques les poussant à s'engager quel qu'en soit le coût : la défense d'une cause, le sentiment de solidarité et de partage... qui apportent des satisfactions non matérielles.

> **Mot clé**
>
> Les **incitations sélectives** sont des avantages réservés aux participants d'une action collective : par exemple, la réservation de certains services (emploi, assurance, crèche...) aux seuls adhérents.

- La structure des opportunités politiques crée un contexte plus ou moins propice au succès des mobilisations qui influencent l'engagement. La proximité d'élections, le poids de l'opinion... agissent comme des facteurs ou des freins à l'émergence et au développement de mobilisations.

II Les déterminants sociologiques de l'engagement

1 Le rôle de l'âge, de la génération et du sexe

- L'engagement sous ses formes les plus conventionnelles est moins fort chez les jeunes et augmente avec l'âge, tout comme le taux d'adhésion à une association, un syndicat ou un parti politique. À l'inverse, le potentiel protestataire est plus fort chez les jeunes, décroît avec l'âge mais augmente pour l'ensemble de la population. Certaines études montrent des **effets de générations**, la participation à des événements importants comme mai 1968 favorisant la politisation.

> **Mot clé**
> L'indice de **potentiel protestataire** est construit à partir de plusieurs indicateurs de participation politique : signer une pétition, prendre part à un boycott ou une manifestation.

- L'**engagement politique des femmes** au travers du vote est proche de celui des hommes. Les enquêtes montrent en revanche un moindre intérêt des femmes pour la politique et un sentiment d'incompétence plus grand. Si l'indice de potentiel protestataire des femmes est plus faible, il augmente pour les hommes et les femmes et les écarts se réduisent.

2 Le poids de la catégorie socioprofessionnelle et des diplômes

- L'appartenance à des CSP + et à des niveaux de diplômes élevés augmente la probabilité de s'engager. Les **ressources symboliques et culturelles**, liées au milieu social, à la socialisation politique familiale, aux compétences politiques différenciées que cela génère chez les individus, jouent donc un rôle important.
- Dans certains contextes, des « **mobilisations improbables** » peuvent s'organiser au sein de groupes sociaux qui n'ont pas les compétences et les ressources appropriées (mouvement des Gilets jaunes).

L'ESSENTIEL

Les déterminants de l'engagement

- **L'âge** : des individus âgés plutôt que jeunes
- **Le sexe** : plutôt des hommes que des femmes
- **La génération** : des témoins/acteurs d'événements marquants
- **Le milieu social** : des membres de CSP + et diplômés

Objets, acteurs et répertoires de l'action collective

49

☐ OK

Les formes et les objets de l'engagement politique se sont transformés au cours du temps. Les conflits du travail, auparavant centraux, n'ont pas pour autant disparu, même si les modalités d'action sont largement renouvelées.

I La transformation des enjeux

1 La prédominance des conflits du travail

Depuis le XIXe siècle, l'action collective se construit essentiellement autour des conflits du travail et du mouvement ouvrier, porté par des organisations syndicales et des partis politiques, ce qui n'exclut pas d'autres types de conflits (lutte pour le droits des femmes…). Ces conflits qui ont pour enjeu les conditions de vie et de travail des salariés vont conduire à la conquête de nouveaux droits en matière de rémunération, temps de travail, congés payés, protection sociale…

Mot clé

Les **conflits du travail** opposent des collectifs ou des organisations de salariés et des patrons d'entreprises ou organisations patronales, pour l'obtention ou la sauvegarde de droits économiques et sociaux.

2 De nouveaux enjeux de conflictualité sociale

- À partir des années 1960-1970 de nouveaux enjeux se développent. Qualifiés de postmatérialistes car ne portant pas sur la sphère du travail et les conditions matérielles de l'existence, ils revendiquent de nouveaux droits (égalité homme-femme, mariage pour tous…), la reconnaissance de minorités (ethniques…), le respect de l'environnement…
- Les conflits « matérialistes » ne disparaissent pas même s'ils peuvent évoluer dans leurs formes, comme le mouvement des Gilets jaunes (hiver 2018) qui a démarré pour protester contre la hausse du prix des carburants, ou celui contre la réforme des retraites (hiver 2019).

II L'évolution des répertoires et des acteurs

1 Un élargissement du répertoire de l'action collective

- La grève reste un élément incontournable du répertoire d'actions ▶ FICHE 47 même si, par définition, elle ne concerne que les salariés. Elle s'accompagne souvent de manifestations, d'occupations…

- De nouveaux moyens d'action cherchent à mobiliser davantage les citoyens et à donner une visibilité plus grande aux revendications et aux groupes mobilisés dans un cadre souvent international. Ils s'appuient sur l'usage des **médias** et des **réseaux sociaux numériques** et mettent en scène des actions spectaculaires à l'image d'Act Up dans les années 1980-1990 cherchant à alerter sur l'épidémie de sida et à défendre les droits des personnes homosexuelles. Les actions d'Extinction Rebellion prônant la désobéissance non violente illustrent ce renouvellement.
- Des mouvements plus **ponctuels** et **spontanés** émergent. S'appuyant également sur la capacité de mobilisation d'Internet, ils se développent en marge des structures hiérarchisées, manifestant une volonté de démocratie directe (Stylos rouges chez les professeurs en 2019).

2 Une diversification des acteurs

- Les acteurs traditionnels de l'engagement traversent une **crise** : l'adhésion aux partis politiques concerne une très faible minorité de citoyens et le taux de syndicalisation baisse depuis les années 1970.
- De **nouveaux acteurs** (associations, collectifs...) et de nouvelles formes de militantisme (moins durables, moins hiérarchisées...) apparaissent en marge ou défiants à l'égard des organisations traditionnelles.

Mot clé

Le **taux de syndicalisation** représente la part des salariés adhérents d'une organisation syndicale (syndiqués) dans l'ensemble des salariés.

- Pour autant les partis – dans le cadre des élections – et les syndicats – dans leur **capacité** à organiser les conflits sociaux – restent des acteurs incontournables.

L'ESSENTIEL

Les transformations de l'action collective

De nouveaux acteurs
- crise des acteurs traditionnels (partis politiques, syndicats)
- naissance d'associations, de collectifs, de coordinations, etc.

Un élargissement des modalités d'action
- nouvelles formes de militantisme : revendications postmatérialistes, usage des médias et réseaux sociaux, occupations, etc.
- actions ponctuelles et spontanées
- structures moins hiérarchisées

Quiz EXPRESS 50

Avez-vous bien révisé les fiches 47 à 49 ? On vérifie !

Science politique

1 Les formes de l'engagement politique

▶ FICHE 47

1. Quelles actions relèvent d'une action protestataire ?

- ☐ **a.** participer à une occupation d'usine
- ☐ **b.** voter à l'élection présidentielle
- ☐ **c.** faire une grève de la faim

2. Quelle action n'est pas un acte de consommation engagée ?

- ☐ **a.** adhérer à l'association « UFC-Que Choisir » ?
- ☐ **b.** signer une pétition contre l'obsolescence programmée
- ☐ **c.** adhérer à la Confédération paysanne

2 Les déterminants de l'engagement politique

▶ FICHE 48

1. Pourquoi s'engager rationnellement dans une action collective ?

- ☐ **a.** le coût individuel sera supérieur au bénéfice attendu
- ☐ **b.** celui qui s'engage le fait au nom de ses valeurs
- ☐ **c.** le bénéfice individuel attendu sera supérieur au coût

2. Quelles sont les catégories au potentiel protestataire élevé ?

☐ **a.** les femmes ☐ **b.** les ouvriers ☐ **c.** les jeunes

3 Objets, acteurs et répertoires de l'action collective

▶ FICHE 49

Quels peuvent être des enjeux « postmatérialistes » ?

- ☐ **a.** le mouvement #MeToo contre les violences faites aux femmes
- ☐ **b.** la destruction de cultures OGM
- ☐ **c.** la grève des salariés de Michelin contre la fermeture du site de la Roche-sur-Yon
- ☐ **d.** une manifestation de personnels hospitaliers pour réclamer des revalorisations de salaire

CORRIGÉS

1 Les formes de l'engagement politique

1. Réponses a et c.

Le vote ne relève pas d'une action de type protestataire, mais fait partie des formes conventionnelles d'engagement.

2. Réponse c.

La Confédération paysanne est une organisation professionnelle représentative des agriculteurs.

2 Les déterminants de l'engagement politique

1. Réponse c.

L'individu rationnel opère un calcul coût-bénéfice : si le coût est supérieur au bénéfice, il n'agit pas, tout en espérant éventuellement que les autres agissent pour lui, se comportant ainsi en passager clandestin.

2. Réponse c.

D'après les enquêtes, les femmes et les ouvriers ont un potentiel protestataire plus faible en moyenne.

En revanche, il est plus élevé chez les jeunes, même s'ils s'engagent moins de façon conventionnelle.

À savoir

En 2018, 42% des citoyens considèrent que **manifester dans la rue** est un moyen efficace pour influencer les décisions, soit 16 points de plus qu'en 2017.

3 Objets, acteurs et répertoires de l'action collective

Réponses a et b.

- La proposition **a** relève d'un enjeu de dignité humaine et d'égalité.
- La proposition **b** relève d'un enjeu environnemental (et social car opposant différentes conceptions de l'agriculture).
- Les propositions **c** et **d** relèvent de la défense des emplois et des conditions matérielles de vie.

Science politique

1

En quoi l'engagement relève-t-il du choix de la prise de parole (*voice*) ?

FICHE 47

2

Qu'est-ce qui différencie l'engagement politique de l'engagement syndical ?

FICHE 47

3

Qu'est-ce que la consommation engagée ?

FICHE 47

4

Pourquoi l'engagement suppose-t-il des « incitations sélectives » ?

FICHE 48

5

Comment la structure des opportunités agit-elle sur l'engagement ?

FICHE 48

6

Quels sont les principaux déterminants sociologiques de l'engagement ?

FICHE 48

7

En quoi les enjeux de l'action collective se sont-ils transformés ?

FICHE 49

8

Les répertoires de l'action collective actuels sont-ils les mêmes qu'avant ?

FICHE 49

RÉPONSES

Pour mieux ancrer les connaissances, découpez les cartes et jouez avec !

1

L'**engagement** consiste à agir pour tenter de **changer le cours des choses**, au contraire de la soumission (*loyalty*) ou de la démission (*exit*).

2

L'engagement politique et l'engagement syndical ont des **répertoires d'actions**, des **formes d'engagement** et des **registres d'actions** différents.

3

Consommation engagée : **actes de protestation** et de revendication des consommateurs pour des produits plus respectueux de leurs valeurs.

4

L'engagement suppose des **incitations sélectives** car l'individu utilitariste n'a pas intérêt à s'engager quand les **coûts de l'engagement** sont supérieurs aux bénéfices.

5

La **structure des opportunités** favorise l'engagement en fournissant un **contexte** politique, économique, social et institutionnel **adéquat** qui l'encourage.

6

Le **sexe**, l'**âge**, le **diplôme**, le **niveau de revenu**, la **CSP** sont des **déterminants** importants de l'engagement.

7

Les **enjeux** de l'action collective se sont transformés, ne se limitant plus à des **conflits liés au travail**. Les acteurs ne sont plus les seuls partis ou syndicats.

8

Les **répertoires d'actions** se sont **diversifiés**, ne reposant plus exclusivement sur les grèves et les manifestations : happening, occupations, ZAD...

L'évolution des inégalités économiques depuis le début du XXe siècle

52

☐ OK

Depuis le début du XXe siècle, on constate une tendance à la baisse des inégalités économiques (revenu, patrimoine) au niveau mondial entre les pays, alors que les inégalités au sein d'un grand nombre de pays (développés ou en développement) tendent à augmenter à nouveau.

I Les différentes inégalités économiques

Les inégalités désignent les différences entre les individus ou les groupes sociaux dans l'accès à des ressources socialement valorisées dans la société.

1 Les inégalités de revenu

- Le revenu est un flux de ressources issues directement ou indirectement de l'activité économique. Il est le plus souvent une ressource monétaire mais il peut correspondre à une ressource réelle (logement de fonction par exemple).
- On distingue les revenus primaires des revenus de transfert. Les premiers rémunèrent les facteurs de production travail et capital (salaires, intérêts, dividendes, loyers, revenus mixtes des travailleurs indépendants). Les revenus de transfert correspondent à des droits sociaux (santé, chômage, retraite) et se versent principalement sous la forme de prestations sociales.
- Les inégalités de revenu apparaissent lors de la distribution des revenus primaires, mais également après la redistribution des revenus de transfert.

> **Mot clé**
> La **redistribution** des revenus correspond aux prélèvements obligatoires (impôts, cotisations sociales) et au versement de prestations sociales.

2 Les inégalités de patrimoine

- Le patrimoine correspond à l'ensemble des avoirs, financiers ou non (une action ou un logement par exemple), et des dettes d'un agent économique. Le patrimoine est un stock alimenté notamment par un flux d'épargne ▶ FICHE 53.
- Les inégalités de patrimoine dépendent principalement de la concentration de la propriété. Cependant, elles ont des effets sur les inégalités de revenu car la propriété du patrimoine donne lieu au versement de revenus : intérêts, dividendes ou loyers par exemple.

II L'évolution des inégalités économiques

1 L'évolution des inégalités de revenu en France

Au xxe siècle, l'étude de l'évolution des inégalités de revenu permet de distinguer **deux périodes**. La première correspond à la période du début du siècle jusqu'au milieu des années 1970, au cours de laquelle les inégalités de revenu baissent. La part des revenus captée par les 10 % les plus riches passe de 50 % à 30 % du total. Depuis la fin des années 1970, les inégalités de revenu sont reparties légèrement à la **hausse**.

2 L'évolution des inégalités de patrimoine en France

- Au cours du xxe siècle, les inégalités de patrimoine ont tendance à baisser. Une classe moyenne se constitue qui détient une part grandissante du patrimoine.
- Depuis le milieu des années 1980, les **inégalités de patrimoine** augmentent. Cette tendance est modérée, mais continue.

> **Mot clé**
> La **classe moyenne** correspond aux personnes dont le patrimoine se situe « au milieu », entre les 10 % les plus riches et les 50 % les plus pauvres.

3 L'évolution des inégalités dans le monde

- Après deux siècles de hausse continue des inégalités entre les citoyens du monde, suite à la révolution industrielle, ce processus s'est ralenti, puis renversé depuis une vingtaine d'années : on observe un **recul des inégalités** entre pays du monde lié à la croissance des pays émergents et des pays en développement.
- Parallèlement on assiste à la hausse des **inégalités internes** aux pays. Au niveau mondial, les 1 % les plus riches ont profité deux fois plus de la croissance des revenus que les 50 % les plus pauvres.

L'ESSENTIEL

L'évolution des inégalités économiques

En France
- 1914-1970 : baisse
- depuis 1980 : accroissement des inégalités de patrimoine

Entre les pays
- 1870-1990 : hausse
- depuis 1990 : recul

Le caractère multiforme et cumulatif des inégalités économiques et sociales

53

☐ OK

Les inégalités présentent plusieurs dimensions car elles peuvent être économiques mais également sociales. Ces différentes dimensions ont un caractère cumulatif, une inégalité pouvant en engendrer une ou plusieurs autres.

I Les différentes dimensions des inégalités

1 Les inégalités économiques

- Les inégalités de revenu et de patrimoine sont les principales formes d'inégalités économiques. Cependant, d'autres inégalités économiques sont constatées : l'accès à un emploi stable ou précaire, le chômage, la consommation, l'épargne.

- Les inégalités économiques englobent le phénomène de pauvreté monétaire. Est considérée comme pauvre en France toute personne ayant un revenu inférieur à 60 % du revenu médian. Ce seuil de pauvreté mesure une pauvreté relative dans le sens où elle évolue en fonction du revenu médian.

Mot clé

Le **revenu médian** est le revenu qui divise la population en deux parties égales : 50 % de la population a un revenu supérieur et 50 % un revenu inférieur.

- La pauvreté absolue touche les personnes qui ne disposent pas des ressources qui leur permettent de satisfaire leurs besoins essentiels : se nourrir, se vêtir, se chauffer, se loger. Cette pauvreté peut être mesurée par un minimum vital.

2 Les inégalités sociales

Les inégalités sociales sont des différences entre individus ou groupes sociaux portant sur des avantages ou des désavantages dans l'accès à des ressources socialement valorisées (la santé, l'obtention d'un diplôme qui favorise l'entrée dans une profession, l'accès à des fonctions politiques). Autant d'accès qui peuvent être différenciés entre hommes et femmes et selon les milieux sociaux.

Chiffres clés

La pauvreté en France en 2021
- Le seuil de pauvreté est de **1 102 €** par mois.
- **9,2 millions** de personnes sont considérées comme pauvres.
- Le revenu de solidarité active (RSA) est de **589,54 €**.

II Le caractère cumulatif des inégalités sociales

Mot clé

L'**épargne** est la partie du revenu non dépensée dans la consommation.

- Les inégalités économiques se cumulent. Les inégalités de revenu entraînent des comportements de consommation et d'épargne différents. Les détenteurs des revenus les plus élevés épargnent plus que ceux qui ont des revenus faibles. Cette épargne permet d'acquérir un patrimoine expliquant ainsi les inégalités de patrimoine. Le patrimoine génère des revenus qui se cumulent aux revenus de l'activité économique : ces revenus tendent à accroître les inégalités économiques.

- Les inégalités économiques entraînent des inégalités sociales. Les inégalités économiques ont des effets sur la réussite scolaire, celle-ci dépendant en grande partie des conditions matérielles d'existence des élèves ▶ FICHE 34. Des revenus importants donnent aussi un meilleur accès aux soins expliquant ainsi les différences d'espérance de vie entre les catégories socioprofessionnelles : un cadre a une espérance de vie plus élevée qu'un ouvrier.

- Les inégalités sociales engendrent des inégalités économiques. Les inégalités scolaires ont des conséquences sur le niveau de revenu. La réussite scolaire conditionne l'accès aux diplômes, et donc au type d'emploi occupé, engendrant ainsi des inégalités de revenu, de logement...

- Ce caractère cumulatif des inégalités, qui touche les catégories défavorisées dans tous les domaines, se constate pour une même génération et se poursuit également d'une génération à l'autre. La reproduction des inégalités perdure effectivement avec la transmission d'un héritage économique et culturel différencié selon le milieu d'origine. La corrélation de revenus parents-enfants ▶ FICHE 54 permet par exemple de mesurer cette transmission d'inégalités.

L'ESSENTIEL

Les inégalités économiques → Concernent **les revenus et le patrimoine** :
- pauvreté monétaire (par rapport au revenu)
- pauvreté absolue (par rapport à la satisfaction des besoins essentiels : se nourrir, se loger...)

Les inégalités sociales → Concernent **l'accès à des ressources socialement valorisées** (santé, éducation...) :
- inégalités selon le milieu social
- inégalités selon le sexe

Les principaux outils de mesure des inégalités

54

☐ OK

L'étude des inégalités nécessite des outils pour les mesurer. On distingue les outils statiques des outils dynamiques, ces derniers permettant de savoir si les inégalités sont héréditaires.

I La mesure statique des inégalités

1 Les rapports inter-quantiles

- Pour mesurer les inégalités de revenu, on classe la population en tranches, les quantiles, en fonction de leur revenu. Chaque tranche correspond au revenu maximum de la population de cette tranche. On mesure les inégalités de revenu en fonction du rapport de revenu entre ces tranches.

- Le rapport inter-quantile le plus utilisé est le rapport inter-décile. Le premier décile est le niveau de salaire qui sépare les 10 % des salariés les moins bien payés des 90 % les mieux rémunérés. Le décile D5 correspond au revenu partageant la population en deux (la médiane). Le rapport D9 / D1 évalue l'inégalité des revenus.

> **Mot clé**
> La population est divisée en tranches de 10 % selon le revenu ou le patrimoine, le **décile** est ainsi la valeur qui sépare chaque tranche, de 10 % en 10 %.

- On peut mesurer d'autres rapports inter-quantiles. Si on divise la population en groupes de 25 % en fonction des revenus, on obtient le rapport inter-quartile. Le rapport inter-centile mesure les écarts de revenu entre les 1 % les plus riches et les 1 % les plus pauvres.

2 La courbe de Lorenz et le coefficient de Gini

- La courbe de Lorenz est une représentation graphique permettant de visualiser la distribution d'une variable (patrimoine, revenu) au sein d'une population. Le plus souvent, pour construire la courbe, la population est divisée en déciles.

- Le coefficient de Gini est un indicateur synthétique d'inégalités de revenu. Il varie entre 0 et 1. Il est égal à 0 s'il y a égalité parfaite dans la distribution des revenus (tous les revenus sont égaux). Il est égal à 1 si un seul agent économique concentre l'ensemble des revenus. Entre 0 et 1, l'inégalité est d'autant plus forte que le coefficient de Gini est élevé.

3 Le top 1 %

Le top 1 % ou centile supérieur rassemble le 1 % de la population la plus riche. Cette population regroupe 500 000 personnes environ en France. La part du revenu (ou du patrimoine) détenue par le top 1 % est un instrument pour mesurer la concentration de richesses et les inégalités.

II La mesure dynamique des inégalités

1 Les limites de la mesure statique des inégalités

- Rapports inter-quantiles, courbe de Lorenz ou coefficient de Gini sont des outils qui mesurent les inégalités à un moment donné. Ils offrent un instantané des inégalités en rassemblant les revenus de populations dont le niveau de revenu est transitoire.
- Le niveau des inégalités peut être lié à des facteurs transitoires comme la composition de la population. Si celle-ci comporte de nombreux étudiants, le revenu de ces derniers a une grande probabilité d'augmenter dans les années qui suivent, réduisant ainsi les inégalités de revenu.

2 La corrélation des revenus parents-enfants

- Une mesure dynamique des inégalités consiste à comparer les revenus des parents et des enfants. L'économiste Alan Krueger a construit une courbe, dite courbe de Gatsby, qui met en relation sur l'axe horizontal l'inégalité des revenus sur une génération et sur l'axe vertical la différence de revenu entre générations différentes.
- La courbe de Gatsby montre que les pays ayant les plus grandes inégalités de revenu sont ceux où les enfants ont des revenus comparables à ceux de leurs parents, les inégalités devenant ainsi héréditaires.

L'ESSENTIEL

Mesure statique
- rapports inter-quantiles
- courbe de Lorenz
- coefficient de Gini
- top 1 %

Mesurer les inégalités

Mesure dynamique
- courbe de Gatsby (corrélation des revenus parents-enfants)

Les différentes conceptions de la justice sociale

55

☐ OK

Égalité et justice sociale sont des principes fondamentaux des sociétés démocratiques. Cependant, on distingue différentes formes d'égalité conduisant à définir plusieurs conceptions de la justice sociale.

I Les différentes formes d'égalité

1 Égalité des droits

- L'**égalité des droits** signifie que tous les membres de la société ont les mêmes droits (égalité devant la loi). Cette forme d'égalité apparaît en France avec la Révolution française et la Déclaration des droits de l'homme et du citoyen.
- L'égalité des droits implique qu'il est interdit de se fonder sur les caractéristiques personnelles des personnes pour les exclure ou les traiter différemment sous peine de discrimination.

Mot clé

On parle de **discrimination** lorsqu'un individu ou un groupe d'individus est traité différemment en raison de caractéristiques personnelles : sexe, origine ethnique, handicap...

2 Égalité des chances

- L'**égalité des chances** signifie que tous les membres d'une société disposent des mêmes opportunités pour accéder aux positions sociales les plus élevées dans la hiérarchie sociale. Dès lors, la position sociale dépend des mérites des personnes et non de leur origine.
- Le **système scolaire** est l'un des principaux domaines où doit s'exercer l'égalité des chances ▶ FICHE 33. Les résultats scolaires dépendent en principe des mérites des élèves et non de leur milieu social.

3 Égalité des situations

- Si chacun est traité de façon identique par la loi (**égalité formelle**), tous les individus ne bénéficient pas des mêmes conditions matérielles d'existence (**égalité réelle**).
- L'**égalité des situations** correspond à une égalité réelle entre les membres d'une société qui disposent des mêmes ressources économiques et sociales (revenus, patrimoine, prestige, etc.). Les égalités (ou inégalités) de situations peuvent se mesurer notamment avec des indicateurs d'inégalités (de revenus, de patrimoine ▶ FICHE 54).

II Les conceptions de la justice sociale

1 La conception « égalitariste »

- La conception « égalitariste » de la justice sociale prône une égalité politique, économique, sociale complète.

- Pour les **marxistes**, la justice sociale implique aussi bien l'égalité des droits que l'égalité des chances et surtout l'égalité des situations. Cette égalité « absolue » est la condition de la liberté. Celle-ci est incompatible avec l'inégalité car elle revient à la liberté d'une minorité d'exploiter et de dominer la majorité.

> **Mot clé**
>
> La **justice sociale** est l'ensemble des principes et des valeurs permettant la répartition des ressources essentielles d'une société et l'orientation des actions correctrices à mener.

2 La conception « libérale »

- La conception libérale de la justice sociale privilégie le **principe de liberté** au principe d'égalité. Les libéraux justifient ainsi l'existence d'inégalités. Les libéraux « utilitaristes » considèrent que la justice sociale consiste à maximiser le bien-être de la population grâce à la « main invisible » du marché qui permet d'obtenir un optimum social.

- Les **ultralibéraux** ou « libertariens » estiment que la liberté est la valeur ultime qui doit être défendue dans toute société démocratique et que seule l'égalité des droits doit être respectée.

- Le philosophe américain John Rawls (1921-2002) défend une **conception « libérale égalitaire »** de la justice sociale : le principe d'équité. Il combine le principe de liberté pour chaque individu si elle est compatible avec la liberté pour tous et le principe de différence : on peut justifier les inégalités si elles profitent aux plus défavorisés.

L'ESSENTIEL

L'égalité et la justice sociale

Différentes formes d'égalité
- égalité des droits
- égalité des chances
- égalité des situations

Différentes conceptions de la justice sociale
- égalitariste (marxiste)
- libérales (utilitariste, libertarienne, libérale égalitaire)

Pouvoirs publics et justice sociale

56

☐ OK

Dans les sociétés démocratiques, la lutte contre les inégalités est l'un des objectifs traditionnels de l'action des pouvoirs publics. Cependant, cette action connaît des limites entraînant des débats sur sa pertinence.

I L'action des pouvoirs publics pour la justice sociale

1 La protection sociale

Le système de protection sociale mis en place en France après la Seconde Guerre mondiale répondait à une logique d'assurance : ceux qui avaient cotisé (principalement les salariés) pouvaient en bénéficier. Mais l'évolution de la protection sociale répond de plus en plus à une logique d'assistance : même ceux qui n'ont pas cotisé (les plus démunis) perçoivent des prestations sociales.

Mot clé

La **protection sociale** est le système de solidarité permettant aux individus de faire face aux risques sociaux (maladie, charges de famille, vieillesse, perte d'emploi...).

2 La fiscalité et les services collectifs

- L'impôt sur le revenu est le prélèvement obligatoire qui corrige le mieux les inégalités économiques car c'est un impôt progressif : le taux d'imposition augmente lorsque le revenu augmente.
- Les services collectifs comme la Santé ou l'Éducation sont des productions non marchandes financées par les prélèvements obligatoires. En les fournissant à titre quasi gratuit, les pouvoirs publics favorisent l'égalité des chances et réduisent les inégalités face à la santé.

3 La lutte contre les discriminations

- Les pouvoirs publics adoptent des lois condamnant les discriminations ▶ FICHE 55, permettant ainsi l'égalité des droits.
- Ils agissent aussi par l'octroi de dotation accrue de moyens matériels pour compenser une inégalité initiale (Éducation prioritaire...).
- Ils peuvent également avantager des populations considérées comme discriminées en menant une politique de discrimination positive corrigeant les mécanismes de marché (recrutements préférentiels avec des quotas pour des catégories comme les personnes handicapées).

II L'action des pouvoirs publics en débat

1 Les contraintes pesant sur l'action des pouvoirs publics

L'action des pouvoirs publics pour lutter contre les inégalités est soumise à des **contraintes de financement**. La conjoncture économique (ralentissement de la croissance, chômage élevé) freine la progression des ressources publiques. Cette action est également soumise aux **contraintes européennes** qui imposent une limitation du déficit budgétaire afin de réduire l'endettement public ▶ FICHE 25. De plus, le cadre européen limite l'action des services publics soumis à la concurrence.

2 Les débats sur l'efficacité et la légitimité des pouvoirs publics

- La capacité des pouvoirs publics est remise en cause. En effet, ils peinent à limiter la **dégradation** du marché du travail (chômage, précarité) qui engendre une nouvelle pauvreté s'accroissant en période de crise ▶ FICHE 44.
- Pour réduire les inégalités, les pouvoirs publics doivent disposer de ressources importantes notamment grâce à l'**impôt**. Or, on assiste à une dégradation du « consentement à l'impôt ». Le « citoyen-contribuable » est devenu un « usager-client » des services publics, perdant de vue la fonction sociale de l'impôt.
- Selon une logique libérale ▶ FICHE 55, l'action des pouvoirs publics a des **effets pervers**. Le versement d'indemnités de chômage ou de minima sociaux peut encourager les chômeurs à ne pas occuper des emplois à bas salaire (« trappe à chômage » ▶ FICHE 14).

L'ESSENTIEL

Les pouvoirs publics et la justice sociale

La réduction des inégalités
- fiscalité
- services collectifs
- protection sociale

Les limites de l'action publique
- contraintes de financement
- contraintes européennes
- efficacité limitée
- crise de légitimité

Coopérations et conflits entre les acteurs pour l'environnement

57

☐ OK

Les biens communs que représentent l'environnement, les ressources naturelles, sont gérés par une grande diversité d'acteurs (États, citoyens, experts). Leurs actions complexes qui s'exercent à différentes échelles (locale, nationale, européenne et mondiale) ne sont pas toujours harmonisées.

I Différents acteurs à différentes échelles

- À l'échelle internationale, les États, l'ONU et l'Union européenne prennent des mesures pour préserver l'environnement et contraindre les agents économiques à les respecter, en réduisant par exemple les émissions de gaz à effet de serre ou en réglementant la pêche du thon rouge.
- Les scientifiques du GIEC (Groupe d'experts intergouvernemental sur l'évolution du climat) prennent position et rendent leurs rapports sur le réchauffement climatique.
- Les organisations non gouvernementales (ONG) internationales ont pour rôle d'alerter et de former l'opinion publique sur les questions environnementales (Greenpeace, WWF).
- À l'échelle européenne, le programme de financement LIFE soutient des projets nationaux et transnationaux en faveur de l'environnement et du climat.
- À l'échelle nationale puis locale, les États mettent en place des collaborations avec les mouvements citoyens et parfois les entreprises. Les partis politiques ont tous intégré la question de l'environnement dans leur programme et les partis écologistes progressent lors des élections.

Mot clé

L'**environnement** désigne le capital naturel qui regroupe l'ensemble des ressources renouvelables et non renouvelables de la planète.

- Dans les métropoles notamment, les conseils municipaux prennent en compte l'écologie pour organiser l'urbanisme, les transports, etc.
- Les entreprises ont globalement adhéré au principe d'une responsabilité sociale et environnementale (RSE) et s'engagent à abandonner la production de voitures diesel comme le fait Toyota.
- Les mouvements citoyens, constitués principalement d'associations, s'organisent pour se faire entendre par des manifestations, des pétitions, etc.

II Les relations entre les différents acteurs

- La multiplicité des acteurs aux intérêts divergents est source de **conflits**. La protection de l'environnement réclamée par différents acteurs tels que les ONG peut nuire à la rentabilité des entreprises.

- Les mouvements citoyens, comme la Marche pour le climat, organisent des **événements** pour mobiliser la population et faire pression sur les gouvernements. Leur objectif est la « mise à l'agenda » politique des problèmes environnementaux afin d'obtenir des solutions de la part des pouvoirs publics qui, seuls, peuvent proposer des lois protectrices de l'environnement.

> **Mot clé**
> Une « **mise à l'agenda** » correspond au passage d'un problème du domaine privé au domaine public.

- Les **propositions** de préservation de l'environnement diffèrent selon les acteurs. Les entreprises acceptent souvent une protection de l'environnement qui ne nuit pas à leur rendement alors que les ONG préconisent des solutions plus radicales, moins centrées sur les conséquences en termes d'emplois et de profits.

- Les différents acteurs internationaux collaborent aussi et privilégient la **coopération**. La Conférence des Nations unies sur les changements climatiques (COP 21) a ainsi adopté en 2015 l'Accord de Paris, entré en vigueur en 2016, prévoyant de contenir la hausse des températures sous la barre des 2°C.

- Au niveau national, les pouvoirs publics appliquent les **accords internationaux** en fonction de leurs spécificités. Ils associent à leurs prises de décisions les ONG comme Greenpeace. Ils s'inspirent également des rapports d'experts du GIEC. En France, le gouvernement a créé en 2019 un Conseil de défense écologique afin de respecter les objectifs en matière de protection du climat et de la biodiversité.

L'ESSENTIEL

Les coopérations et confits entre les acteurs pour l'environnement

Les différents acteurs en présence
- pouvoirs publics (États, ONU, UE)
- entreprises
- experts (GIEC)
- ONG et mouvements citoyens

Les relations entre les différents acteurs
- conflits pour la mise à l'agenda politique
- coopération aux niveaux local, national, européen et international

L'efficacité des instruments des pouvoirs publics pour l'environnement

58

☐ OK

Le système économique international provoque un déséquilibre climatique par ses émissions de gaz à effet de serre. Ces externalités négatives sont combattues par les pouvoirs publics à l'aide de plusieurs instruments.

I L'action publique pour contrôler les externalités

- Le marché ne tient pas compte des externalités parce qu'elles n'ont pas de prix associé. Une entreprise à l'origine d'externalités négatives n'est pas sanctionnée et ne verse pas de compensation monétaire. Il s'agit donc d'une défaillance de marché qui empêche ce dernier d'atteindre une situation optimale.

Mot clé

Une **externalité** est une conséquence, positive ou négative, d'une activité économique, non prise en compte par le marché.

- Une production s'effectuant sans précaution (sans filtres ni recyclage) est polluante mais moins onéreuse qu'une production respectueuse de l'environnement. Les entreprises sont donc incitées à produire sans préserver l'environnement pour maintenir des prix bas tandis que les ménages sont amenés à consommer ces produits pour préserver leur pouvoir d'achat.

- L'action publique s'articule à différentes échelles. Par exemple, pour honorer ses engagements pris au titre de l'Accord de Paris, la France a adopté dans le cadre européen un programme de diminution des émissions de CO_2 d'ici 2030 d'au moins 40 % par rapport aux niveaux de 1990. À l'échelle nationale, la France implante des centres régionaux de recyclage comme en Bretagne ou propose aux particuliers des aides financières pour rénover écologiquement leur habitation.

II L'efficacité des instruments de la politique climatique

- La réglementation regroupe l'ensemble des normes et des lois dont le non-respect est sanctionné par des amendes. Elle est destinée à modifier le comportement des agents économiques. Elle peut limiter les externalités négatives (diminuer la vitesse de circulation) et imposer la production d'externalités positives (recyclage des déchets).

- Ces normes sont diverses : les normes d'émissions limitant les rejets de CO_2, les normes de procédé imposant l'utilisation de matières recyclées, les normes de produit comme le pot catalytique et les normes d'utilisation (interdisant la circulation des véhicules certains jours…).

- D'après l'économiste britannique Arthur Cecil Pigou (1877-1959), il est possible d'internaliser les externalités, c'est-à-dire de taxer les externalités négatives qui nuisent à l'environnement et d'allouer une subvention aux externalités positives qui le préservent. Par exemple, le bonus-malus écologique impose une taxe sur les voitures les plus polluantes pouvant aller jusqu'à 20 000 euros. À l'inverse, la subvention à l'innovation verte consiste à récompenser financièrement les entreprises qui créent des innovations de produit (panneau solaire) ou de procédé (nouvelle manière de recycler) plus respectueuses de l'environnement, incitant ainsi les autres entreprises à se tourner vers ce type d'innovation peu polluant.

- Pour maintenir l'équilibre climatique, c'est-à-dire la stabilité des températures, l'UE a instauré le marché des quotas d'émission limitant les rejets de CO_2 provenant des externalités négatives. La Commission européenne fixe un plafond maximum d'émissions de CO_2 par an. Sur chaque tonne appelée « quota », un droit de propriété est posé. Les quotas sont distribués aux entreprises selon leur degré de pollution.

Mot clé

Un **marché des quotas** est un lieu d'échanges entre l'offre et la demande de quotas de CO_2 qui déterminent le prix de la tonne de carbone.

- Une entreprise qui dépasse son nombre de quotas d'émission est contrainte d'en acheter aux entreprises excédentaires sur le marché des quotas au prix fixé par la loi de l'offre et de la demande.

L'ESSENTIEL

L'efficacité de la politique climatique

Le sens de l'action publique
- lutte contre les défaillances du marché qui ne tient pas compte des externalités négatives
- lutte à différentes échelles contre les externalités négatives

Les objectifs des instruments
- la règlementation utilise les normes
- la taxation fixe un prix aux externalités
- le marché des quotas fixe un plafond de pollution

Les limites des instruments des pouvoirs publics pour l'environnement

59

☐ OK

Les principaux instruments de la politique climatique peuvent réduire partiellement les externalités négatives, mais leur efficacité étant limitée, ils sont utilisés de manière complémentaire.

I Les limites des instruments de la politique climatique

1 Les limites de la réglementation

- La **réglementation** est souvent difficile à doser : trop laxiste, elle manque d'effet, trop ferme, elle peut inciter à frauder. Elle ne pousse pas les entreprises à poursuivre leurs efforts pour préserver l'environnement quand la norme est atteinte. La taxation paraît plus dissuasive.
- La mise aux **normes**, évoluant régulièrement, a un coût qui détériore la compétitivité-prix des entreprises, augmente les prix et creuse les inégalités entre ménages aisés et ménages pauvres. Ce coût pèse également sur les pouvoirs publics qui contrôlent leur application.

2 Les limites de la taxation et du marché des quotas

- La **taxation** peut être onéreuse quand elle ne compense pas les subventions versées (cas du bonus-malus écologique pour les véhicules neufs). Elle peut également peser lourdement dans le budget des ménages les plus pauvres. Enfin, la taxe, augmentant les coûts des entreprises, nuit à leur compétitivité-prix et potentiellement à leurs investissements en faveur de l'environnement.
- La taxe n'est qu'**incitative** (l'agent économique a le droit de polluer dès lors qu'il paye sa taxe), contrairement à la réglementation. La taxe n'a pas pour objectif d'établir un plafond maximum de pollution, contrairement au marché des quotas d'émission.
- Des effets rebonds apparaissent, c'est-à-dire des **effets inattendus**, voire contraires au mécanisme mis en place (effet Veblen), comme l'augmentation de la demande de véhicules polluants malgré la mise en place de la taxe, certains agents économiques souhaitant se distinguer par l'achat de biens coûteux.

> **Mot clé**
> On parle d'**effet Veblen** lorsque la demande d'un produit peut être d'autant plus forte que son prix est élevé.

- Le marché des quotas d'émission se révèle inefficace pour modifier le comportement des entreprises, le prix du quota n'étant pas suffisamment élevé. Ce marché ne s'adresse pas aux petits pollueurs (ménages, artisans), mais aux grandes entreprises, sachant que les quotas ont été généreusement distribués sur le marché européen.
- La spéculation se développe sur ce marché des quotas, ce qui fausse le prix du marché et modifie les quantités disponibles.

II Une mise en œuvre confrontée aux dysfonctionnements de l'action publique

- L'action publique s'exerce sous la pression des groupes d'intérêt. Les acteurs politiques sont parfois en conflits et ne défendent pas toujours l'intérêt général mais des intérêts privés (secteur bancaire, agricole...). Les groupes d'intérêt se positionnent aussi en experts pour influencer l'action publique, comme le géant pétrolier Exxon qui finance des études climato-sceptiques.

Mot clé

Un **groupe d'intérêt** désigne une organisation qui tente d'influencer les pouvoirs et l'opinion publics pour obtenir des décisions en sa faveur.

- Les changements réguliers de gouvernement et de ministres désorganisent également l'action publique par manque de continuité.
- Dans une logique électoraliste, les pouvoirs publics ont régulièrement renoncé aux avancées écologiques, comme en 2013 lorsque le gouvernement abandonne l'écotaxe touchant les poids lourds suite au mouvement de protestation breton des « Bonnets rouges ».

L'ESSENTIEL

Les limites des instruments des pouvoirs publics

Les limites des instruments
- application de la réglementation difficile à vérifier
- effets rebonds créés par la taxation
- prix trop faible du quota fixé par le marché

Le dysfonctionnement de l'action publique
- pression des groupes d'intérêt
- changements fréquents des responsables politiques
- logique électoraliste et renoncement aux avancées écologiques

Les contraintes pesant sur les accords internationaux pour l'environnement

60

☐ OK

L'équilibre climatique est un bien commun difficile à sauvegarder : certains pays souhaitent mettre en place des accords environnementaux pour le préserver, d'autres les refusent pour privilégier leur croissance ou permettre leur développement.

I 'environnement, un bien commun

- L'environnement désigne le capital naturel formé de plusieurs composants dont les biens privés qui peuvent être privatisés et vendus sur un marché (poissons d'un étang privé par exemple).
- L'environnement désigne également les biens communs mondiaux comme les forêts ou le climat (l'équilibre climatique) qui sont des biens rivaux et non-excluables. Les pays européens se sont accordés pour limiter les quantités d'émission de gaz à effet de serre et pour ne pas émettre plus de 2 000 milliards de tonnes de CO_2 dans l'atmosphère. Mais cet engagement s'avère difficile à contrôler, chacun pouvant émettre du CO_2 selon ses besoins (en faisant démarrer son véhicule par exemple ou en allumant un feu de cheminée).

Mot clé

Un **bien commun** est non-excluable (on ne peut pas en contrôler l'accès) et rival (son utilisation par un individu empêche un autre de faire de même).

II La tentation du passager clandestin

- En présence de biens communs, les agents économiques, s'ils sont rationnels, sont incités à adopter un comportement de passager clandestin, laissant les autres limiter leur consommation sans restreindre la leur ni en supporter les désavantages.
- Ainsi, les États-Unis se sont désengagés dans la lutte contre le réchauffement de la planète en sortant de l'Accord de Paris en 2019.
- Toutefois, la pression de l'opinion publique, les actions menées par les ONG, les sommets mondiaux sur le changement climatique incitent une grande majorité de pays (comme la Chine) à poursuivre leur engagement.

Mot clé

Un **passager clandestin** est un agent économique rationnel qui souhaite profiter d'un bien ou d'un service sans en supporter le coût.

III Des pays très inégaux face à la question climatique

- Tous les pays n'ont pas le même **niveau de pollution**. Ainsi, un individu riche en Occident pollue presque 3 000 fois plus qu'un individu dans un pays pauvre.
- Le niveau de pollution de la **Chine** a été multiplié par 4 depuis 1970. Ce pays est responsable de 30 % des émissions de CO_2 de la planète. Les États-Unis et la Chine émettent à eux deux presque 50 % des émissions mondiales.
- Les **pays pauvres** ont une faible empreinte écologique et sont les moins pollueurs : au Yémen ou à Haïti par exemple, l'émission de CO_2 par habitant est d'environ une demi-tonne, donc quarante fois moins qu'un Américain. Ces pays revendiquent auprès des pays riches qui polluent plus et de longue date leur droit à se développer et à user de leur « dette écologique ».

> **Mot clé**
> **L'empreinte écologique** mesure la quantité de terres (en hectares) nécessaire à un habitant pour se nourrir et recycler ses déchets.

- Les **pays en développement**, plus que les pays développés, seront particulièrement exposés aux catastrophes naturelles découlant du réchauffement climatique (épidémies, famines, montée des eaux qui menacent notamment plus de 10 millions de Bangladais...). Pour respecter les accords internationaux sur l'environnement (COP 27, Kyoto...), ils devront s'endetter pour acquérir les équipements écologiques nécessaires (énergies renouvelables, usines de recyclage...).

L'ESSENTIEL

Les contraintes pesant sur les accords internationaux

L'environnement, un bien commun
- des biens rivaux non-excluables (climat...)
- mais la tentation du comportement de passager clandestin

Des pays inégaux face à l'enjeu environnemental
- les populations riches polluent davantage
- les États-Unis et la Chine émettent presque 50% des émissions mondiales de CO_2

Quiz EXPRESS

Avez-vous bien révisé les fiches 52 à 60 ? On vérifie !

61

Regards croisés

1 Les inégalités économiques et sociales

▶ FICHES 52 À 54

1. En France, les inégalités de patrimoine augmentent...

☐ **a.** tout au long du XXe s. ☐ **b.** depuis les années 1980.

☐ **c.** entre les deux guerres mondiales.

2. Les principales formes d'inégalités économiques sont...

☐ **a.** les revenus et le patrimoine.

☐ **b.** la consommation et le logement.

☐ **c.** l'emploi et le chômage.

2 Justice sociale et action des pouvoirs publics

▶ FICHES 55 À 56

L'action des pouvoirs publics pour la justice sociale connaît une crise de légitimité car...

☐ **a.** elle a des effets pervers. ☐ **b.** elle n'a plus de ressources.

☐ **c.** elle n'est pas démocratique.

3 Les instruments des pouvoirs publics pour l'environnement

▶ FICHES 57 À 60

1. La taxation permet...

☐ **a.** d'internaliser les externalités.

☐ **b.** de taxer les externalités positives.

☐ **c.** de diminuer les externalités négatives.

2. Le marché des quotas d'émission est peu efficace...

☐ **a.** car il détermine des prix trop faibles.

☐ **b.** car il ne s'applique qu'à de grandes entreprises.

☐ **c.** car il ne concerne que les ménages.

3. Un bien commun est un bien...

☐ **a.** rival. ☐ **b.** non rival. ☐ **c.** non-excluable.

CORRIGÉS

1 Les inégalités économiques et sociales

1. Réponse b.

Même si cette augmentation est régulière depuis le début des années 1980, elle reste modérée.

2. Réponse a.

D'autres inégalités économiques peuvent être relevées : l'accès à un emploi stable ou précaire, le chômage, la consommation, l'épargne.

2 Justice sociale et action des pouvoirs publics

Réponse a.

Pour les libéraux, l'action des pouvoirs publics engendre des phénomèns de désincitation et encourage une « trappe à inactivité » pour les individus recevant des prestations sociales.

Mot clé

L'effet d'une mesure qui modifie l'analyse coût/avantages d'une situation peut engendrer une **désincitation** et réduire ainsi la motivation des individus à adopter un comportement jugé souhaitable pour la société.

3 Les instruments des pouvoirs publics pour l'environnement

1. Réponses a et c.

La taxation détermine le prix des externalités négatives, ce qui incite les agents économiques à moins consommer ou à moins produire les biens et services qui les provoquent.

À savoir

La réglementation, la taxation et le marché des quotas sont trois **instruments complémentaires** qui ont tous pour objectif de protéger le climat en tant que bien commun.

2. Réponses a et b.

Ce marché est peu efficace parce qu'il détermine des prix trop faibles et ne concerne que les entreprises européennes d'une certaine taille.

3. Réponses a et c.

En effet, un bien commun est rival, donc en quantité limitée, et non-excluable parce qu'on ne peut pas en contrôler l'accès.

Regards croisés

1

Quels sont les principaux indicateurs de mesure des inégalités ?

FICHE 54

2

Quelles formes d'égalité orientent les conceptions de la justice sociale ?

FICHE 55

3

Comment les pouvoirs publics luttent-ils contre les discriminations ?

FICHE 56

4

Quelles contraintes les pouvoirs publics rencontrent-ils en matière de justice sociale ?

FICHE 56

5

Quel est l'enjeu de la « mise à l'agenda » ?

FICHE 57

6

Comment la taxation lutte-t-elle contre les externalités négatives ?

FICHE 58

7

Quelles sont les limites de la réglementation ?

FICHE 59

8

En quoi le climat est-il un bien commun ?

FICHE 60

RÉPONSES

Pour mieux ancrer les connaissances, découpez les cartes et jouez avec !

2

Plus ou moins égalitaristes ou libérales, les **conceptions de la justice sociale** sont orientées par :
- l'égalité des droits ;
- l'égalité des chances ;
- l'égalité des situations.

1

Les écarts et rapports inter-quantiles, la courbe de Lorenz, le coefficient de Gini et le top 1 % mesurent la concentration des richesses économiques et l'importance des inégalités.

4

Des **contraintes de financement** pèsent sur la mise en œuvre des services publics, à cause de la baisse des recettes fiscales ou des marges de manœuvre **budgétaires** autorisées au niveau européen.

3

Les **pouvoirs publics** peuvent adopter des **lois** condamnant les discriminations, ou compenser avec des actions de « **discrimination positive** ».

6

La **taxation** lutte contre les externalités négatives grâce aux **taxes** (par exemple, un malus sur une voiture polluante pour inciter à l'achat de véhicules moins polluants).

5

On dit qu'il est **mis à l'agenda** politique lorsqu'un fait divers (des sources d'eau qui s'assèchent par exemple) devient un **problème public** (le manque d'eau en France) pris en charge par les pouvoirs publics.

8

Le **climat** est un **bien commun** parce que chacun peut y accéder (**non-excluabilité**) et parce que les quantités utilisables sont limitées (**rivalité**) si on souhaite maintenir l'équilibre climatique.

7

La **réglementation** est **coûteuse** (application et vérification) et **difficile** à fixer pour qu'elle ne soit ni trop laxiste ni trop ferme. En outre, elle n'incite pas à faire mieux.

Achevé d'imprimer en Espagne par Grafo à Basauri
Dépôt légal: n° 10469-3/01 - Novembre 2023
PAPIER CERTIFIÉ
s'engage pour l'environnement en réduisant l'empreinte carbone de ses livres. Celle de cet exemplaire est de 550 g éq. CO_2 Rendez-vous sur www.hatier-durable.fr